딸아 딸아

연지딸아

딸아 딸아 연지딸아

유안진 민요 모음

문학동네

책머리에

우리의 토종 민들레는 본래 하얀 꽃을 피웠다. 백의민족이어서 그랬을까? 1950년대에 불렀던 동요에도 "개나리 진달래 하얀 민들레 / 냇가의 복숭꽃도 방긋 웃는다"라고 했다.

그러나 우리의 수많은 토종 식물들과 함께 하얀 꽃을 피우던 '우리 민들레'는 외래종인 노란 민들레에 의해 도태당해 지금은 찾을 수조차 없다. 어찌 식물만이랴. 우리의 의식주 생활 자체가 그렇고, 언어가 그렇지 않은가. 우리 민족의 가슴에서 울리던 민요도 마찬가지가 아닌가. 한 사람 한 사람이 소중한 만큼, 수많은 우리들 가슴에서 저절로 태어나서 우리들의 슬픔·기쁨과 더불어 우리를 아이로, 청소년으로, 어른으로 키워낸 이런 옛 노래야말로 우리의 혼과 넋으로서 소중하다.

이들 민요는 작사자나 작곡가가 따로 없다. 누군가 지어서 부른 후 더 많은 사람들이 보다 절실하고 기막힌 자기네 사연들을 보태어서 불렀다. 그래서 이들 노래는 끝이 없고(물론 자료 제공자들이 내용을 기억하지 못해서 끝이 없는 경우도 있었겠지만), 누구나 덧붙여 부를 수 있게 되어 있다. 그리고 그것은 우리 모두의 것이 되어 모두의 입으로 전해져왔다. 모두의 것이어서 윤색될 필요가 없는, 진솔담백한 속요(俗謠)일 수 있었다. 그래서 전래동요와 속요야말로 가장 짙고 야한 바탕색 그대로의 우리말, 우리 혼, 우리 넋의 우리 문화일 수 있지 않을까.

수집된 노래는 아이들이 불렀던 동요와 부녀자들이 불렀던 부요(婦謠)가 가장 많았다. 〈쾌지나 칭칭 나네〉 또는 〈강강수월래〉처럼 전란을 당하여 지어 불렀던 '특수목적용'도 있었지만, 대부분 거르지 않은 직설적인 가사의 서민 속요들이 많았다. 대소변이나 성기와 관련된 해학적인 가사와 육두문자, 질펀한 상소리들도 많았다. 이는 걸러내지 못하고 내뱉은 서민들의 가슴속 응어리일 것이요, 가장 그들다운 통쾌한 갈등해소 방법이었을 것이다. 그래서 세시풍속에 관한 노래 등을 제외하고는 일상생활 저변의 사소하지만 아주 절실한 일상사가 노래의 주제를 이루고 있다. 또한 개화기의 동요와 부요, 속요는 물론 6·25전란 이후의 노래까지도 발견되어 시대상을 반영해주고 있다. 따라서 요즘같이 작사자·작곡자가 분명하고 방송이라는 전달 매체가 있기 전의 거의 모든 자생적인 동요와, 여인들의 한 어린 부요와 서민 남정네들의 해학적인 속요 등이 거의 다 포함되어 있다 하겠다.

우리 노래 — 옛 노래, 잊혀진 노래, 남은 노래, 아이 노래, 어른 노래, 처녀 노래, 총각 노래, 여자 노래, 남자 노래, 엄마 노래, 할머니 노래, 웃기는 노래, 울리는 노래, 장난 노래, 참 노래, 거짓 노래, 언문 노래, 한문 노래, 양반 노래, 상민 노래, 부자 노래, 거지 노래, 젊음 노래, 늙음 노래, 개화기 노래, 6·25난릿적 노래 등, 이 많은 노래를 부르면서 우리 선대들은 열두 고개, 열두 굽이의 험난한 인생을 질기게도 살아냈다. 그래서 지금의 우리들이 우리말을 사용할 수 있고, 우리 땅에서 우리 문화를 향유하며 또한 창조할 수가 있지 않은가.

1975년, 유학중 생각했던 전공과 문학 관련 우리 민속 공부를 시작할 꿈에 부풀어 귀국했다. 이 책에 실린 민요들도 그때 이후 약 27년 동안 수집한 것들을 모은 것이다. 그사이 우리 전통 아동학과 관련된 학문서 세 권을 썼고, 장편 민속소설 세 편도 썼다. 또한 한국인의 모성과 아동양육 및 교육에 관한 책과 『월령가 쑥대머리』 같은 민속 중심의 시집도 묶어봤다. 그러나 전래동요와 부요 및 남정네들의 속요만을 모은 것은 이번이 처음이다.

단조로움을 덜기 위해서 관련 고사나 당시 민속 풀이를 곁들이기도 했다. 또한 전체를 네 장으로 나누었는데, 자료를 수집할 당시 자료를 제공해주시던 분들이 알려준 정보를 중심으로 대강 아이들의 동요, 여인들의 부요, 가족 대상의 노래, 남정네들의 속요 및 개화기의 노래들로 분류했으나, 편의상의 분류일 뿐 경계 짓기가 모호하다. 한편, 이미 채집되어 발간된 민요 〈아리랑〉은 제외했다.

무엇보다도, 몇 번이고 기억을 더듬어가며 애써 구연으로 자료를 제공해주신 모든 분들께, 더구나 이미 귀천하신 대부분의 어르신들 영전에 이 책을 바치고 싶다. 이 어르신들의 성실한 협조 없이는 어떤 민속 연구도 이루어질 수 없기 때문이다.

또한 대부분이 구전자료라서 이들 자료를 중심으로 하되, 주요 관련문헌도 참고하였기로 선별하여 책 뒤에 밝힌다.

끝으로 이 자료집을 기꺼이 출판해주신 문학동네 강태형 사장님과 책 만드는 번거로운 수고를 맡아주신 이상술씨와 차창룡 시인을 감사하는 마음으로 오래 기억하고 싶다.

2003년 가을

유안진

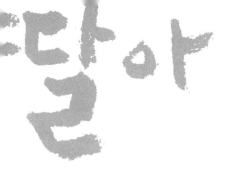

시할아비 방구는 호령방구
전래부요―옛날 부녀자들의 노래

달아

춘아 춘아 옥단춘아
전래속요—옛날 남자들의 노래

새각시 방에 불을 혀고

전래동요─옛날 여아들의 노래

말 탄 신랑 꺼어떡

전래동요─옛날 남아들의 노래

시할아비 방구는 호령방구

전래부요 — 옛날 부녀자들의 노래

본처 노래

시앗 뜯으러 간다
산 넘어 할퀴러 간다
동산 밭에 메마꽃같이
시원스레 나앉은 시앗
내 눈에도 저만한 각시
임의 눈에야 오죽할까

본처들이 시앗을 뜯으러 가려고 하던 때는 이미 조선시대가 마감된 때였다. 투기의 말만 해도 칠거지악을 범한 악처가 될 판에 시앗을 뜯으러 간다니?

돌부처도 돌아앉게 한다는 첩실(妾室)이란 말은 본처에게나 첩실에게나 다 듣기 혐오스런 말이었으니, 첩 소리 안 듣는 것이 사람 대접받는 것이고, 첩 꼴 안 보고 사는 것이 본처들의 소망이었다. 소실을 둔 남편의 아내들이 동병상련, 초록은 동색이라 연대모의하여 이런 노래를 불렀던 것일까? 실제로 시앗에게 가서 머리끄덩이를 잡아뜯고, 살림을 부수고, 얼굴에 밭고랑 몇 개쯤을 파주지는 못할지라도 겁을 줄 수는 있었으리라.

시앗은 첩, 첩실, 소실, 작은댁, 숨긴댁, 감춘댁, 곁다리, 화근댁(화근禍根이 되는 존재라는 뜻), 화분댁(남편이 꽃처럼 좋아한다 하여)이라 하며 최근 들어서는 브랜치(branch)라는 영어로 부르기도 한다.

손님

손이 왔네 손이 왔네

그 어데서 손이 왔노

정상도(경상도)서 손이 왔네

무신 말을 타고 왔노

백대말을 타고 왔네

무신 갓을 쓰고 왔노

통영 갓을 쓰고 왔네

워데 보자 워데 보자

내외벽(內外壁) 너메로 워데 보자

손아 손아 잘도 생겼다

옥골선풍 미남자로다

저리 절헤(저렇게) 잘났으니

뉘 신랑이 될라 카노

내 신랑이 되야 카지러

우리 형부가 되야 카제

군사 동요의 내용이 일부 복합된 노래다. 옛날에는 남녀가 유별했던 탓에 손님이 와서 '이러라(이리 오너라)'라고 소리치면, 하인이 없는 집에서도 부녀자들은 남녀가 서로 내외하는 풍속대로 내외벽이라는 일자형 담벼락 뒤에 숨어 손님의 모습을 몰래 보면서 '웃어르신께서 아니 계시다고 여쭈어라'라고 대답하곤 했다. 이런 풍속의 일부가 이 동요에 나타나 있다.

전통사회는 남녀가 유별하다는 오륜을 엄히 지킨 사회였다. 그래서 남자와 여자는 비록 일가친척 간이라도 가까이하지 못했고, 다른 성씨 간에는 더욱 그러하여 내외법이라는 것을 엄격히 지켰다. 물동이를 이고 지나다가 시댁 어른을 만나면 인사하기는커녕 돌아서서 외면하듯 얼굴을 숨기고 피하는 것이 여자의 법도였다. 혼인한 부인들은 이러한 법도를 더욱 엄격히 따라야 했고, 미혼 처녀들도 이에 준하였다. 남녀칠세부동석이라고 한 『소학』「입교」편의 규범에 철저히 따랐던 사회였다. 『소학』은 중국의 하(夏)나라 은(殷)나라 주(周)나라 삼 대에 걸쳐 아동을 가르치는 교육서였는데, 이 책을 조선조에 아동 교육서로 가르쳤다.

몇 년씩 머물던 어느 과객(過客)이 떠나면서 그간의 신세를 갚고 싶은데 가진 것은 없으니 집터나 잡아주겠다고 하면서, 그 터에 새집을 지어 이사를 하면 십 년 내에 부귀영화를 누리게 된다고 했다. 그러나 이를 실없는 허언으로 여긴 주인은 손님의 말을 듣지 않았다. 몇 년 후에 지나다가 들른 그 손님은 아무 말도 없이 자다가 나가서 그 집에 불을 질러버리고는 달아났다. 살던 집이 불탄 주인이 하는 수 없이 그 손님이 잡아준 터에 새집을 조그마하게 지었더니, 아들들이 모두 등과하고 재물이 불어나 부귀를 누렸다고 한다. 이 이야기도 과객 즉 손님 접대의 윤리를 강화해주는 이야기 중의 한 가지이다.

우리 민속에서 손님은 집을 방문하는 사람만이 아니었다. 마마라는 병도 '손님병'이라고 불렀다. 앓으면 얼굴이 얽는, 즉 곰보 자국이 남게 되는 천연두를 대역(大疫)이라 하였고 홍역을 소역(小疫)이라고 불렀는데, 민간에서는 이를 손님병이라고 불렀다. 이런 몹쓸 병이 가족처럼 눌러앉아 함께 살려 하지 말고 손님처럼 얼른 떠나가주기를 바라는 염원에서 그렇게 불렀다고 한다. 그래서 '손님 들었다'고 하면 마마병이 생겼다는 말이었다.

여인네들은 매월 하는 월경(月經)도 손님이라고 불렀다. 서답이나 빨래라고 부르기도 했지만, 매달 정기적으로 찾아온다는 뜻에서 손님이라 하였다.

또한 도둑이 들었어도 '손님이 들었다'라고 했다. 밤손님은 도둑을 의미했다. 이렇게 원하지 않는 병마나 불행·불운도 손님이라고 부르며, 얼른 떠나주기를 바라면서 정중하게 대접하려고도 했다 한다. 그래야만 해코지를 덜 하고 빨리 떠나가리라고 생각한 것이다. 우리 민속에서 이처럼 손님은 네 가지 의미로 쓰였는데, 전후의 문맥으로 보아 어떤 손님인지를 가릴 수 있었다.

옥단춘아

춘아 춘아 옥단춘아 너그 아배 어딜 갔니
노름하러 갔다 술 마시러 갔다
춘아 춘아 옥단춘아 너그 어메 어디 갔니
우리 아배 노름빚에 몸이 팔려갔다
우리 어메 울며불며 몸이 팔려갔다
춘아 춘아 옥단춘아 너그 형아 어디 갔니
한 가마니 겉보리값에 기생집에 팔려갔지
입 하나 덜라꼬 식모살이 팔려갔지
애보개로 팔려갔지 그냥저냥 줘버렸지
우리 아배 노름빚을 갚아주러 팔려갔지
춘아 춘아 옥단춘아 너그 언니 어딜 갔니
첨지어른 소실살이로 팔려갔지 팔려갔지
산밭 한 뙈기 얻느라고 팔려갔지 팔려갔지
소작 쇠작 안 떼이려고 팔려갔지 거저 줬지
춘아 춘아 옥단춘아 너그 오랍 어디 갔니
일본땅 보국대로 징용살이 갔단다
춘아 춘아 옥단춘아 너 여기에 왜 앉았니
우리 아배 노류장화로 패가망신 다 당하고
빚값에 나를 팔아 화류기생 몸 판단다
춘아 춘아 옥단춘아 너 왜 술을 파니

어려서 조실부모하여 의지가지 없는 신세

먹고살자 여기 나와 몸도 팔고 맘도 판다

개화기의 개화가로 비슷한 속요들이 여럿 발견된다. 일제 강점으로 인해 피폐해진 나라와 개인 사정 때문에 주막집에, 지주에게, 이 모양 저 꼴로, 이런 명칭 저런 이름으로 이리저리 팔려간 처자식들이 있었다. 아들딸들이 보국대, 정신대, 가미카제 등 온갖 이름으로 일본군에 강제 징용되어 남양군도나 만주 벌판 같은 최전방의 총알받이로, 일본군의 위안부 정신대로 끌려갔음이 노래 내용에 잘 나타나 있다.

아마도 옥단춘이라는 일반적인 여아 이름을 등장시켜, 온갖 수탈과 착취에 허덕이며 찢기고 밟히고 해체되는 조선인 가족들의 핍박받은 생활을 노래한 것으로 보인다.

의붓어미

의붓어미 어밀런가 의붓아비 아빌런가

의붓아들 아들일런가 의붓딸년 딸일런가

어린 서방 신랑일런가 늙은 본처 아낼런가

곳집(상여를 보관하는 곳)이 집일런가

요강단지 단질런가 가마때기 이불일런가

멍석자리 요일런가 삿갓때기 갓일런가

짚신감발 신일런가 헌 누더기 옷일런가

송기죽이 밥일런가 누룽지가 밥일런가

주걱이 숟가락일런가 나막대기 젓가락일런가

쉰 밥뎅이 밥일런가

아가 아가 우지 마라 죽은 어미 어찌 올까

아가 아가 우지 마라 니가 울면 내 눈에선 피가 흐른다

유교가 혈연을 지나치게 강조한 나머지, 혈연으로 맺어진 천륜지간이 아닌 가족관계는 매우 경원시·소원시되지 않았을까? 계부모와 계자녀의 관계가 대표적인 예가 될 것이다.

'의붓'이라는 접두어로 맺어진 가족관계를 매우 바람직하지 못한 관계로 전제하고 있는 이 노래는, 엇비슷한 모든 관계들을 부적절한 의붓관계에 비유하고 있다.

씨어메

내 메느리 얼라 낳느니

오두백(烏頭白)하고 마생각(馬生角)하지

까마구 대가리 하야지고 말대가리에 뿔 돋을 일이지

어느 세월에 안아볼로(까)

내 손자를 안아나볼로

성난 며느리

고추가 붉어야 노랑씨가 들지
하늘을 봐야 별을 따지
군서방질로 씨도둑질로
얼라만 낳으면 된다 말가

거풍재로 거풍질 간다꼬?
쇠가 웃고 닭이 웃지러
안 여문 풋고추가
붉어질라꼬 거풍질 가나
저기 저 딱따구리는 생나무 구멍도 뚫는데
멍텅구리 내 서방은 뚫린 구멍도 못 뚫누나
이내 청춘 이리 허송코
시앗 두기 딱 좋구나
오호라 이내 신세
어느 하늘에서 별 따라 카노

시어머니를 씨어메라고 강음화하여 시어머니의 특징을 잘 나타냈고, 성난 며느리의 속내도 잘 나타낸 속요이다. 까마귀 대가리가 어느 세월에 희어질까? 어느 세월에 말대가리에 뿔이 돋을까? 불가능한 일이라고 탄식하며 손주를 못 낳는 며느리를 들볶고 있다.

그러나 이렇게 며느리를 들볶아대는 시어머니의 아들인 남편이 신통해야 손자를 낳을 게 아닌가? 그렇다고 며느리로서는 시어머니 당신의 아들이 신통치 못하여 아기를 못 낳는다는 말을 할 수도 없어, 이러한 며느리의 화나는 심사를 조목조목 따지고 있다.

햇빛이 잘 쪼이는 산고개나 고갯마루의 바위를 거풍재, 또는 거풍암(擧風岩)이라 하는데, 우리 민속에는 남성들이 볕 좋은 날 그곳에 가서 아래 속옷까지 벗고 하체를 햇볕에 쪼이며 남성의 양기(陽氣)를 강화하는 풍속이 있었다. 그래서 다 자라지 못한 신랑이 거풍 간다고 하니 소와 닭이 웃을 일이라고 하는 것이다.

시집살이

시어머니 며느리 나빠 바람벽을 치지 마소
빚에 쳐온 며느린가 값에 받은 며느린가
밤나무 썩은 등걸에 휘초리 나니가치(같이)
앙살피신 시아바지 빗 뵈신 쇠똥가치
되종고신 시어머니 삼 년 절은 노강색가치
쇠송곳 바티가치 뾰족하신 시누이
당피가온 겨태(곁에) 돌미나리가치
샛노란 외꽃가치 피똥 누난 아들 하나 낳고
건밭에 메꽃 가튼 며느리를 어디랄 나빠하시오

시집살이에 대한 속요는 많이 전해지고 있다. 아마도 전통사회가 남성 우위의 유교 가치를 신봉했던 탓에, 상대적으로 부당한 대우를 감내해야 했던 며느리의 고된 시집살이에 대한 속요가 많이 탄생했을 것이다.

이 속요에는 며느리를, 빚 대신으로 받아온 하녀가 아닌 며느리를 나쁘다고 나무라면서 바람벽을 치지 말라고 했다. 자기 아들, 즉 며느리의 신랑은 샛노란 참외나 오이꽃같이 피똥 누는 듯이 허약한 데 비하면, 며느리야말로 들꽃같이 튼실하여 일 잘하고 후덕한데 뭣이 흉이냐는 내용이니, 아마도 며느리 측의 노래였을 게다.

방구

시할아비 방구는 호령방구

시할미 방구는 노랑(병든)방구

시아비 방구는 유세방구

시어미 방구는 알랑방구

시아재비 방구는 허탕방구

큰동서 방구는 한숨방구

시동생 방구는 힘센방구

아랫동서 방구는 아밴(임신한)방구

시누이 방구는 개살방구

내 아들 방구는 대감방구

내 딸 방구는 연지방구

내 신랑 방구는 풍월방구

이내 방구는 가망(몰래)방구

마구간 쇠님 방구는 쉬쉬

홰대의 장닭 방구는 꾀꾀대엑

뒷간의 수캐 방구마저도 캐캐캥캥

툇마루 고네기(고양이) 방구도 으앵앵

곳간의 쥐새끼 방구도 째개 재개 쩍쩍

무섭기도 해라 이 집의 거스랑(것) 죄다 겁나라

시애비 방구는 뿡

시에미 방구는 뺑

시누이 방구는 뽀옹

시동생 방구는 피잉

내 서방 방구는 피시식

이내 방구는 뽀오옹

전통사회의 유머와 위트는 대소변이나 성기, 성행위 등과 관련된 내용이 많
았다. 미운 사람이나 행위, 물건 또는 행사 등에 대한 이런 표현이 여러 노랫
말에서 자주 발견되는데, 아마도 억눌려 살아야 하는 며느리들이 이런 노랫말
로 적개심이나 증오를 해소하려 했던 것이 아닐까. 특히 자기 남편 방귀가 가
장 힘이 없는 기운 빠진 방귀 '피시식'이라고 한 점이 재미있다.

연지 딸아

딸아 딸아 연지 딸아
고이고이 길러가주구(길러가지고)
남의 집에 가거들랑
조심조심에 또 조심하라 ·

양가친척 오시거든/말에 말쌈 조심하고
제사명부 들거들랑/음식 짓기 조심하고
꿍우닭을 잡거들랑/길머리를 조심하고
시아버지 상 들일 때/치마꼬리 조심하고
도리도리 수박탕기에/밥 담기를 조심하고
중의 벗은(어려서 바지를 안 입은) 시동생에/말에 말쌈 조심하라

철부지 신랑한테/말에 말쌈 조심하고
눈에 눈짓 조심하고/입에 입술을 조심하고/귀에 듣기 조심하여
벙어리 삼 년/봉사 삼 년/귀머거리 삼 년을 살아야 한다

눈멀어 삼 년/귀먹어 삼 년
시집살이 개집살이
버버리 삼 년의
석삼년을

죽은 듯이 살아내야

죽어서도 시댁 귀신

그 댁 조상 선산 발치에 / 묻힐 수가 있다드라

친정아비 친정어미 / 친정가문 안 더럽힌다드라

외나무다리 어렵대야

시아버지가치 어려우랴

나뭇잎이 푸르대야

시어미 서슬보다 더 푸르랴

출가할 때를 앞둔 딸이나 막 출가한 딸을 친정 자모가 정겹게 타일러주는 내용의 부요이자 동요이다. 전래되어오는 시집살이에 대한 온갖 예비지식이 다 담겨 있어 이 노래 하나로도 한번 시집가면 친정과는 상관없는 남의 집 식구가 되는 교육으로 충분할 것도 같다. 좀더 고상하게 표현한다면 출가하는 딸에게 주는 모든 친정어머니들의 '계녀서(戒女書)'였다고도 할 수 있으리라.

연지 딸아

딸아 딸아 연지 딸아

니가 없이 어이 살꼬/니 보내고 어이 살꼬

앉으나 서나/자나 깨나

누우나 걸으나/내 딸 걱정에

자다가도 니 걱정이/꿈에서도 니 걱정이

어미 간장 다 녹는다

밥을 먹어도/(네가) 배고플까

목마를까/몸 아플까

부대 부대(부디 부디) 부탁노니

쇠한테는 소씨어른 카고

개한테도 견도련 카고

닭한테는 닭아가씨라 카고

쥐한테는 서생원이라 카그라

시집 것은 뭣이라도 씨자 붙여 말쌈하고

시집 것은 지푸라기라도 임자 붙여 말쌈해라

시집살이 감옥살일따/감옥살이가 더 쉽단다

어메 어메 우리 어메/날 낳아서 좋다 했제

날 왜 낳아 날 왜 키워/시집한테 왜 보냈노

고초 당초 맵다 해도/시집살이 더 맵구나

성님 성님 사촌성님/시집살이 좋다더냐

말도 마라 말도 마라/시집살이 지옥살이

무간지옥 가보며는/시집 식구 다 있단다

앵도라지 시엄씨에/뺑도라지 씨누이에

고자쟁이(고자질쟁이) 씨동생에/심술쟁이 씨할방에

허풍쟁이 씨아방에/빈털터리 시아주벙에

쑥맥쟁이 내 서방에/강아지도 앵돌아지고

송아지도 뺑 돌아지고/달구(닭)새끼 꼬꼬댁 카고

쥐새끼도 쪽쪽 카드라

동서 하나 할림새요/시누 하나 뾰족새요

시아배는 뾰롱새요/시어메는 앵샐쪽새요

남편 하나는 미련새라

호랑이 같은 시아바님/살쾡이 같은 시어머님

여우 같은 시누이에/늑대 같은 시동생에

허수아비 같은 내 서방님

가지 마라 가지 마라/시집 니집 가지 마라

한번 가면 못 돌아온다/죽기 전에 못 돌아온다

죽어서도 못 돌아온다/시집을랑 가지 마라

반보기

하도하도 보고 저워/반보기를 허락받아

이내 몸이 절반 길을 가고/친정 어메 절반을 오시어

새중간의 복바위에서/눈물 콧물 다 흘리며

엄마 엄마 울 엄마야/날 보내고 어이 살았노

딸아 딸아 연지 딸아

너를 삶아 먹을 것을/너를 끓여 먹을 것을

그랬더면 니 꼬라지/이리 험악하지는 않지

밥 못 먹고 살았구나/잠 못 자고 살았구나

금옥 같던 두 손이사/갈구리가 되었구나

구실(구슬) 같은 두 볼이사/돌짝밭이 되었구나

금쪽 같은 정내 딸이/부엌 간지(강아지) 다 되었네

모지도다 모지도다/그 댁 인심 모지도다

안사돈에 바깥사돈/그 댁 식구 그 댁 친척

그 댁 일가 일솔들이/하나같이 모지도다

자게들도 시집 살았거든/어이 이리 부렸는고

자게네도 딸이거든/남의 딸을 이 꼴 했노

가자 가자 집에 가자/내가 너를 삶아 먹고

구워 먹을지언정/다신 그 집에 안 보내마

못 보낼따 못 보낼따/연지 내 딸 못 보낼따

어마 어마 그리 마소/내가 안 가면 어메 낯에

아배 낯에 똥칠 흙칠/우리 가문 먹칠하고

개똥칠이 쇠똥칠이라/내 하나가 죽더라도

우리 친정 훠언한 가문/두둥실로 떠올라야제

오냐 오냐 기특하다/살아내라 살아내라

살다보면 아들 낳고/딸도 낳아 복도 낳아

사위한테 정실부인/시어미한테 자랑 효부

자식 자랑 정경부인(貞敬夫人) 되고/마침내는 불천위(不遷位)

그 댁 문중 두리둥실/그 집 좋고 내 집 좋지

살아야 한데이 살아내야 한데이

죽드라도 그 대문 안에서/한 발자욱도 나오지 마라

그 집 구신 돼야 한데이/출가외인 내 딸이야

〈연지 딸아〉와 〈반보기〉는 친정 자모가 출가한 딸의 혹독한 시집살이와 이를 견디어내는 딸의 모습을 가슴 아파하는 원망과 장탄식을 담은 슬프고 한스러운 내용으로 되어 있다.

'반보기'는 시집간 딸과 친정의 모친이나 가족들이 양가 마을의 중간쯤에서 만나 그리움과 정담을 나누는 풍속이었다. 친정으로 가지 않기 때문에 시댁의 가사에 별로 지장을 주지 않고, 또한 친정 갈 때 준비해가야 하는 음식(정받이 또는 정성이라고 불렀다)도 장만하지 않아도 되고, 당일로 다녀올 수 있기 때문에 매우 편리한 풍속으로 선호되었다. 이 반보기에서 만난 친정 자모가 고된 시집살이에 시달린 딸을 부여잡고 사돈어른들과 그 댁의 냉혹한 인심을 원망하는 말을 하면, 딸이 듣고 변명하며 함께 후일을 기약하고 헤어지는 노래 내용으로 되어, 매우 교육적인 부요였다.

불천위는 불천지위(不遷之位)라고도 하는데, 가문(여기서는 시댁)에서 공로를 세운 인물에 대해 본래 후손들이 4대까지만 제사를 지내주는 기한을 폐지하고 영원히 제사를 지내주는 것을 말한다. 나라에서 내리는 불천위와 문중에서 결정하는 불천위가 있었다.

친정 가문의 명예와 시댁의 체면을 생각하여, 힘들고 어려워도 참고 또 참으면서 '참을 인자 일백 개면 살인도 면한다'는 옛말대로 살려고 애쓰는 부녀자들의 고통이 역력히 나타나 있다.

부모

저 건너 초등(푸른 언덕) 앞에 치자나무 심었더니

치자꽃은 아니 피고 임의 꽃이 피었다네

부모 잃은 동모들아 임의 꽃에 구경 가세

구경이야 가지마는 명주수건 가져가세

눈물 닦고 콧물 닦고 임의 꽃에 구경 가세

구경이야 가지마는 신이 없어 못 가겠네

부모를 잃은 서러움과 불행스런 생활상이 꽃구경조차 못 가는 이유로 등장하였다. 임의 꽃에 구경을 갈 정도로 다 자란 나이의 처녀에게도 부모란 존재가 매우 소중함을 강조하여 가르치는 자녀교육용 동요로 볼 수 있다.

사우가

어화 벗님네야/이내 말쌈 들어보소

우리난 한 마을/한 동리에 태어나서

싸오고 지지고 볶고/어룽더룽 같이 커서

한 마을 한 동리로/시집가서 살잤더니

몹쓸따 우리 팔자/이래저래 멀리 갈라(갈라져)

어느 곳 어느 성씨 댁/밉고 고운 자부(며느리) 되어

고운 이마 푸른 터럭/서리바람 파뿌리 되야

눈물 콧물 짜고 쩔어/이리요리 늙었난고

남서방 자석들이/아모 아모 하여줘도

돈두까비(소꿉놀이) 놀던 시절/싸옴질턴 죽마고우

그 인연만 할까부냐/지금 어데 뭐를 하고

늙고 병든 몸 여자 팔자/사립문짝 바라난고(바라보는고)

이마 녘에 손 얹어서/행여 혹시 닌가 근가(너인가 그인가)

규중(閨中)의 부녀 몸이/만고라도 올 리 없지만

꿈이런 듯 생시런 듯/아잇적 고운 모습

귀딱머리(귀밑머리) 종종 땋은/그 모양으로 오난 듯이

잘 살그라 잘 살그라/부대 부대 잘 살그라

어느 좋은 시절/우리 다시 만날 시절 있어

아모개야 놀자 놀자/군디(그네) 뛰자 널을 뛰자

소리하야 불러내어/옛날같이 놀고스랴

사친가

어와 반가울사/서간음신 반가울사

신기하고 황홀하다/우리 왕모 하찰이냐

천강이냐 지출이냐/진몽이냐 취몽이냐

장주호접 완연하다/어느 꿈이 정꿈인고

한당침상 정꿈이냐/남양초려 정꿈이냐

남해상의 청조성가/북해상의 안찰인들

이에서 더할쏜가/쌍수에 높이 들어

애읍유체 하였어라

〈사우가(思友歌)〉는 어려서 같이 자라던 친정 동네 친구들을 그리워하여 지은 노래로, 함께 자란 인연을 못 잊으면서 이곳저곳의 각기 다른 문중으로 시집가서 흩어져 살아가는 여자 팔자를 한탄하며, 다시 만나 어릴 적을 회고해볼 꿈이 허사가 될 것을 알고 탄식하는 노래이다.

〈사친가(思親歌)〉는 친정 자모의 편지를 받아든 시집온 딸자식, 즉 여식(女息)의 반가움을 한껏 표현한, 부모형제와 친정댁을 그리워하는 노래(사친가 또는 답사친가)이다. 고된 시집살이의 설움을 잊고 친정어머니를 직접 만난 듯이, 즐거워 못 견디는 양이 눈에 선하게 느껴지는 옛 여인네들, 주로 반가(양반집) 여인네들의 사친 노래였다고 한다.

화전맞이

꽃 피면 꽃맞이요

진달래 화전맞이

사월 관등맞이

오월 앵도 진상

유월 수단맞이

칠월 흥밀천신에게 서과 진상

(……)

월령가(月令歌)처럼 지어진 이 부요는, 부녀자들이 봄가을로 화전놀이를 가면서 즐겨 불렀다고 한다. 화전(花煎)놀이란 신라시대 여화랑의 풍속에 뿌리를 두고 있는데, 부녀자들이 기후가 좋은 봄철이나 가을철에 경치 좋은 산천으로 놀러 가도록 허용한, 부녀자들의 소풍놀이였다. 이들은 평소 집 안에 갇혀 지내던 답답함을 풀고 산천을 다니며 꽃을 따서 꽃전을 부쳐 먹고 화전가사를 지어 글솜씨를 자랑하는 내기도 했다.

우리의 여성문학에 '화전가'라는 내방가사(內房歌辭)가 많이 발견되는데, 남성들의 가사작품과 동일한 형식이지만 주로 부녀자들이 친정의 부모를 그리는 '사친가', 어릴 적 함께 자란 동무들을 그리는 '사우가', 혈친과 가족을 그리는 내용은 물론 화전놀이를 가서 산천의 아름다움을 그리는 내용의 '화전가'는 시집살이의 서러움이 담긴 내방문학의 한 장르로 평가되고 있다.

답교

정월 상원일에 달과 노는 소년들은

답교하고 노니는데

우리 임은 어딜 가고 답교할 줄 모르난고

이월 청명일에 나무마다 춘풍 들고

잔디 잔디 속잎 나니 만물이 화락한데

우리 임은 어델 가고 춘기 든 줄 모르난고

삼월 삼일 강남서 온 제비 왔노라 현신하고

소상강 기러기난 가노라 하직하는데

이화 도화 만발하고 행화 방초 흩날린다

우리 임은 어델 가고 화류할 줄 모르난고

사월 초파일에 관등하여 임 고대하니

원근 고저에 석양을 빗겼는데

어용등 봉황등 칠성등을 벌였는데

우리 임은 어델 가고 관등할 줄 모르난고

여자들의 다리와 물을 건너는 다리가 음이 같은 것에 착안하여 부녀자들의 다리 힘을 강화시켜서 다산력을 높이기 위해 달밤에 달의 정기를 받으며 다리를 밟는 답교(踏橋)라는 민속놀이가 있었다. 서울에서도 달밤에 부녀자들이 수표교를 건너왔다 건너갔다 하는 것이 허용되었다는 자료가 남아 있다.

대낮에도 외출이 자유롭지 못했던 부녀자들이 달밤에 다리 위를 건너면서 산책하는 것이 허용, 장려된 것은 달빛을 받아 출산력을 강화하고 다리 힘을 키워 건강한 아이들을 자주 임신, 출산하기를 바랐기 때문이다.

달은 해에 대비된 음(陰), 즉 여성의 상징이었고 흔히 아이들을 놀릴 때 쓰는 '다리 밑에서 주워왔다' 고 하는 말도 여자의 다리 밑에서 주워왔다는 의미이다.

부녀자들의 다산력을 강화시켜주는 우리 민속으로는 달힘 마시기, 달모래 찜질, 남근 모양의 막대가 세로로 서 있는 물 마시기, 고추나 가지 등 남근 모양의 채소나 과일 먹기, 그네뛰기, 널뛰기, 답교, 탑돌이, 각종 치성 드리기 등이 있다.

사촌형

형아 형아 사촌형아

시집살이 어떻드노

애야 애야 말도 마라

시집살이 고약트라

울도 담도 없는 집이

시집살이 고약트라

고초 당초 맵다 해도

시집살이 더 맵더라

언니 언니 사촌언니

시집살이 어떻드노

애야 애야 묻지 마라

고초 당초 맵다 해도

시집살이보다 덜 맵더라

전래동요나 부요는 주로 가족간의 우애와 그리움을 주제로 한 것이 대부분인데, 이 노래도 부요이자 동요라고도 할 수 있다.

　부모님을 그리는 내용과 형제자매 친지 간의 우애를 다지되, 처한 환경의 어려움을 묻고 하소연하고 대답하는 형식을 취하고 있어, 우리 식 오페라라고도 볼 수 있다.

　"고초 당초"는 시집살이의 맛을 고추의 매운맛에 비유한 것으로, 여기서 당초는 우리의 전통문양에서 자주 등장하는 당초문양이 아니라 고초와 발음상의 반복효과를 노려서 넣은 것으로 해석된다.

여자 팔자

날랑(나는) 날랑 죽거들랑
앞산 뒷산에 묻지 말고
연꽃밭에 묻어주소
꽃 한 송이 피거들랑
날 본 듯이 보아주소

여자의 삼종지도(三從之道), 즉 출가 전에는 아버지를 따르고, 출가하여서
는 남편을 따르고, 남편이 죽으면 아들을 따른다는 도덕이 지배했던 전 시대
의 여자들은 규범에 따라 사느라 한도 많고 설움도 많았다.

어떤 아버지, 어떤 남편, 어떤 아들을 만나느냐에 따라 자기 운명이 좌우되
던 시대에, 남편으로 인한 한스러움이 깊었던 지어미가 죽어서도 남편의 마음
을 붙잡아두고 싶은 소원을 이렇게 노래했다고 한다.

시집 식구 흉보기

씨아방은 꾸쟁이(껍지) 넋이

나를 보면 시들쩍(시큰둥한 표정)하고

씨어망은 점복이(참복) 넋이

나를 보면 오지직(샐쭉거리는 행동)하고

씨누이는 코쟁이 넋이

나를 보면 호도록(경솔하여 촐랑대는 행동)하고

서방님은 뭉개(문어) 넋이

나만 보면 어구정(끈적거리는 행동)한다네

제주 지방에서 수집된 이 노래는, 해산물에다 시댁 식구들을 그들의 특징에
맞게 비유한 것이 매우 적절하고 재미있다.

강강수월래

솔밭에는 솔잎도 총총 강강수월래
대밭에는 대잎도 총총 강강수월래
밤하늘에는 별도 총총 강강수월래
시냇가에는 자갈도 총총 강강수월래

달아 달아 밝은 달아 강강수월래
별아 별아 총총 별아 강강수월래
산에 산에 나무도 많고 강강수월래
우리 인생 한숨도 많고 강강수월래
한양 낭군 아니 오네 강강수월래
산이 막혀 못 오는가 강강수월래
물이 막혀 못 오는가 강강수월래
신식 여성 두고 못 와 강강수월래
이내 신세 뒷방 차지 강강수월래

강강수월래(强羌水越來)는 원래 '강한 왜놈 오랑캐인 가등청정이 물을 건너왔네'라는 의미로, 임진·정유란을 겪으면서 왜의 침공을 받은 전라도 지방에서는 봉홧불도 못 올리게 되어, 이런 노래로 한양 조정에까지 왜의 침략을 알렸다고 하는 유래에서 생긴 노래이다.

이 노래가 세월과 함께 개인적인 탄식이나 슬픔, 특히 부녀자들의 한스러움과 결합되어 노래 가사가 빈번히 바뀌면서 전해진 것으로 보인다.

시집살이

접방(셋방)살이 흉도 많다 고공(고용)살이 일도 많다

시집살이 말도 많다 시집살이 말이 많아

그 시집을 살 수 없어 절간으로 나는 간다

아홉 폭 치마 뜯어 바랑 짓고

두 폭 뜯어 바랑 짓고

한 폭 뜯어 감발하고

또 한 폭 뜯어 고깔 짓고

머리 깎고 심(불공) 간다야

한 귀때기 깎고 나니 눈물이 흘러난다

두 귀때기 깎고 나니 슬픈 맘이 절로 든다

시집살이가 얼마나 고되기에 머리 깎고 스님이 되기로 하고 절로 들어가는 모양을 이렇게 그렸을까? 이런 노래는 실제 행동으로 보기보다는 노랫말로 승화시켜 힘든 시집살이를 견디어내고자 한 것으로 볼 수 있다.

호호방아

호호방아 쿵더쿵

호호방아 쿵더쿵

호호방아 안 찧은 이는 귀신을 낳느니라

호호방아 안 찧은 이는 배암을 낳느니라

호호방아 안 찧은 이는 뿔 난 아이 낳느니라

(……)

경북 경산·달성 지방의 노래로서, 리더의 선창과 여러 아이들의 후창으로
이루어지는 일종의 지신밟기 노래로도 불려졌다 한다.

'호호방아'는 추운 날씨에 찧는 방아나 힘든 노동으로 찧게 되는 방아를 비
유한 표현이 아니었을까? 왜냐하면 이어지는 구절들이 방아를 안 찧는 사람을
여러 가지로 겁주는 내용이기 때문이다.

또한 '시집살이 호호'가 매운 시집살이를 뜻하는 표현이라는 점과, 고추의
매운맛을 '호호 고추, 호호 매운'이라고 표현하는 점, 그리고 아이들이 고추를
먹고 매운 입술을 휘파람 불듯이 벌리며 '호호'라고 하는 점으로 미루어 호호
방아의 의미를 짐작해볼 수 있다. 또, 겨울철 추운 날씨에 언 손가락을 입으로
불 때도 '호호'라고 한다.

나아모

나아모오 나아모오 나아모아미타아불을

어어히 어어히 명사십리 해당화야 어어허이 어어허

오날 갈란지 내얄 갈란지 나도 몰라 허난디이

울 미테 봉선화난 왜 심거났노오

나아모오 나아모오 나아모오아미타아불을

서산에 지는 해는 지고 싶어 지이나

날 베리고 가난 임은 가고 싶어서 가아나

불교 유산에서 태어난 속요라고 본다. 나무아미타불을 음만을 따서 늘이고 붙이면서 천천히 부르는 소리로 노래의 시작 분위기를 잡고 있다. 특히 부녀자들이 일하면서 신세타령을 겸해 불렀다.

어느 옛날 부처님 섬기기를 매우 꺼리는 젊은이가 있었다. 그는 부처에게 의지하는 삶을 인간의 나약한 의지 탓이라 여겼다. 그가 어느 겨울날 장에 소를 팔러 가는 길에 강가에 다다랐다. 강을 건너기 전에 보니 얼음이 얼었지 않은가. 젊은이는 소를 끌고 강을 건너기 시작했으나, 강의 한가운데 이르자 얇은 물얼음이 부서져 물 속에 빠질 것만 같았다. 그는 입에서 자신도 모르게 '나무아미타불' 이 새어나온 데 놀라지 않을 수 없었다. 가까스로 조심조심하여 강을 건넌 그는 그제야 자기가 부처님께 빈 사실이 생각나서 자존심이 상했을 뿐 아니라, 잠시나마 나약했던 자신에게 화가 치밀었다. 그리고는 소를 몰고 왔던 사실이 그제야 생각나서 보니 강 가운데 소를 놓고 강을 건넜다는 것도 알게 되었다. 다시 조심조심하여 강 중앙까지 가서 소를 몰고 강을 건너는데, 얼음이 갈라질 듯 삐그덕거리지 않는가. 등골이 오싹해진 그는 또다시 '나아무아미타아부울' 하고 더듬거리며 부처님께 빌었고, 무사히 강둑에 올라서자 다시 그러했던 자신에게 화가 나서, 볼멘 소리로 '에잇 도로아미타불, 도오로아미타아불이야' 라고 중얼거리며 소를 몰고 장으로 향했다는 얘기가 우스갯소리로 전해진다.

밤똥

달구 새끼 밤똥 누지
사람 새끼 밤똥 안 눠
쇠 새끼 밤똥 누지
사라무 새끼 밤똥 안 눠
개 새끼 밤똥 누지
사람 새끼 밤똥 안 눠
짐승 새끼 밤똥 누지
사람 새끼 밤똥 안 눠
상눔 새끼 밤똥 누지
양반 새끼 밤똥 안 눠
나무(남의) 새끼 밤똥 누지
우리 새낀 밤똥 안 눠

이 동요는 밤중에 대변을 보는 아이의 버릇을 고쳐주려는 노래였다. '처갓집과 뒷간은 멀수록 좋다'던 시대에, 야밤에 멀리 있는 뒷간으로 아이를 데려가는 것은 아무리 어른들이라 해도 여간 귀찮지 않았을 것이다. 더구나 추운 겨울밤이나 비 오는 밤에는 특히 그러했을 것이다. 그래서 밤중에 대변 보는 아이의 버릇을 고치려는 어른들은 아이가 똥 마렵다고 하면 마구간으로 데려갔다. 마구간에서는 불빛에 놀라 잠을 깨어 퍼덕거리는 횃대 위의 닭들과 역시 깜짝 놀라 커다란 눈알을 희번덕거리는 소가 사람을 바라보았을 것이고, 그러면 아무리 아이라 해도 자기가 가축이 아니라 사람이라는 자존감을 깨닫게 되었다고 한다. '천지간 만물지중에 오직 사람이 가장 귀하다'는 아동교육서인 『동몽선습』 첫 구절의 내용처럼, 소나 달구 새끼도 야밤에 대소변을 조절하는데 사람으로서 그런 것을 못 해서는 안 된다는 체면을 생각하게 된다는 것이다.

또한 반상(班常)의 구별이 있었던 시대에 양반의식, 양반의 자존감을 자극하여 밤똥 누는 버릇을 고치려는 아이의 의지를 자극하였다고 볼 수도 있다.

아이는 불빛과 소와 닭이 있는 마구간에서 어머니나 할머니를 따라서 노래를 중얼거려야 하는, 의식을 치르는 것과도 같은 이런 순간, 자기 최면에 걸릴 수도 있었을 것이다. 아무튼 이런 행사를 며칠 밤만 거듭하여 치르고 나면 밤똥 버릇은 저절로 고쳐졌다고 한다.

세상 달강

세상 달강 세상 달강
장에 간 니 애비는
나무 한 짐 팔아다가
밤 한 톨을 샀거들랑
물 길러 간 니 에미는
물을 석 동이나 붓고
장작을 석 짐이나 때고
가마솥에 삶았지렁
옹솥에다 삶았지렁
호호 불어 꺼내 식혀
겉껍질랑 아비 주고
보물(속껍질)랑 어미 주고
알맹이는 니캉 내캉 먹자야

달공 달공 세상 달공
서울길로 가다가 밤 한 톨을 주워다가
도장(광)에다 묻었더니
들락날락 새앙쥐가
머리 검은 새앙쥐가
다 까먹고 한 개밖에 안 남았네

옹솥에다 삶을까 가마솥에다 삶을까

껍데기는 아비 주고

보물은 어미 주고

나머지는 나눠 먹세

오빠 한 입 덜어주고

동생 한 입 베어주고

그럼 할미 나는 뭣을 먹노?

우리 민족은 예로부터 3을 가장 좋은 숫자로 보았다. 최소한의 남성 상징인 1과 최소한의 여성 상징인 2가 합쳐져 음양의 조화가 가장 잘 이루어졌다고 본 것이다. 그래서 '삼세번'이란 말이 있고, 아득한 옛적부터 삼족조(三足鳥)나 삼두조(三頭鳥) 등이 액막이 부적에서 자주 발견되고 있다.

〈세상 달강〉은 주로 이유기(離乳期)의 아기를 달래어 엄마의 모유에서 멀어지도록 하려는 할머니의 노래였다고 한다. 왜냐하면, 내용으로 보아 밤 한 톨을 삶는데 석 짐의 나무와 석 동이의 물이 들어갈 정도라 하였으니, 분명 땔감을 장만하는 책임자인 아비와 물동이를 맡은 어미에 대한 대접이 못내 적대적이기 때문이다.

노래 속에는 목숨보다 더 소중하게 키운 아들을 젊고 아리따운 며느리에게 빼앗겨야(?) 했던 섭섭함, 야속함 등과 며느리에 대한 시어머니의 시기·질투의 심리가 잘 배어 있다. 이렇게 적의와 미움을 유머러스하고 재치 있는 노랫말로 승화시켜 해소함으로써 정신건강과 가족생활의 건강한 리듬을 유지할 수 있었으리라.

지방에 따라서, 부르는 사람에 따라서 엇비슷한 노랫말의 다른 동요들도 발견되고 있다.

고개인생

고개 고개 무신 고개

목고개 보릿고개

높은 고개 낮은 고개

재고개 물고개

눈고개 비고개

아리랑고개 쓰리랑고개

열두 고개 스무 고개

눈물 고개 이별 고개

천날 고개 만날 고개

여우 고개 늑대 고개

미아리 고개 가마 고개

(……)

아리랑의 또다른 형식이 아닐까? 인생살이를 고개를 넘어가는 힘든 과정으로 표현한 노래인데, 국토의 70퍼센트가 산인 우리나라는 거의 모든 길이 고갯길로 이어져 언덕 넘어 산, 산 넘어 태산이라 하였으니, 인생살이도 이에 비유된다고 생각해오지 않았을까?

사랑가

사아라앙도 거짓말이 임이 나알 사랑도 거짓말이

꿈에 와서 보았단 말 그것 더욱 거짓말이

날과 같이 잠이 안 온다면 어느 꿈에 보였던 말이냐

구름은 발이 없어도 오온 천하를 울(울타리) 넘나들고

바람은 손 없어도 섰는 나뭇가지를 흔들 것만난

이내 수족 다 있어도 가시는 임을 못 붙드네

이것이 모두 다 인생이랴

뜰 아래 시들어진 화초야 너 시든다 설워 마라

너는 다시 새봄 맞아 피어날 길 있지마는

내 청춘은 한번 가면 다시 올 길이 막연허네

어히야 디야 어허어으 나의 성화가 났네

소낙비 뿌리는 저 산 아래 어무이를 잃은 저 새끼들아

어아득허언 고공비(공중의 빗살) 속에 어무이 어무이 부르건만

에미는 간 곳 없고 소내기 비만 뿌리누나

꿈이로다 꿈이로다 모두가 꿈이로다

새까마안 머리도 허이연 백발도 모두가 일장춘몽이라

어라 꿈에 취해서 두어라 꿈에 취해서 살세

주로 남녀 어른, 즉 상민들이 불렀다고 한다. 그러나 어른들 곁에서 듣고 자라는 아이들 역시 어른들의 신세한탄 노래를 배워서 불렀으니, 아이 노래, 어른 노래, 여자 노래, 남자 노래를 구별할 필요는 없으리라. 더구나 남녀유별이 훨씬 너그러웠던 상민 계층에서야……

미나리 노래

미나리(인현왕후)는 사철이요

장다리(장희빈)는 한철이라

장희빈아 꼬데기지(까불지) 마라

미나리님이 돌아오신다

인현왕후 민씨와 장희빈을 빗대어 불렀던 노래였다. 주로 나이 든 부녀자들이 남편의 사랑을 독차지한 첩실에 대한 적개심을 거침없이 표현하여 부른 속요이기도 했다.

전해지는 이야기로는 숙종조 인현왕후의 친정집 당파인 서인(그중에서도 『사씨남정기』를 쓴 서포 김만중)들이 지어 아이들에게 가르쳐 부르게 했다고 한다. 그래서 궁중의 임금에게까지 들리도록 했다고도 하고, 미복 차림으로 미행을 자주 나가 민심과 민정을 자주 살피던 숙종 임금을 겨냥하여 아이들로 하여금 소리 높여 부르게 하였다고도 한다. 이 동요를 들은 숙종이 번민하고 후회하여, 마침내는 폐서인하여 가두었던 인현왕후를 복위시키고 장희빈은 처형했다는 말도 있다.

또한 '미나리꽃 필 때'라는 속언이 전래되는데, 꿔준 빚을 갚으라고 하는데 '미나리꽃 필 때' '뒷간 울에 기왓장 올리고 나서'라고 하면 숫제 안 갚겠다는 의미로 해석했다 한다. 미나리는 하얀 꽃이 필 때까지 두지 않고 연하고 싱싱할 때 베어서 모심기·논매기 등 농사 행사에 여름 채소로 다 먹어버리기 때문이다. 또 나이 들어 머리가 하얗게 희어지는 것을 파뿌리머리라고도 하지만 미나리꽃 피었다고도 하여, '미나리꽃 필 때'는 '오랜 세월 뒤' 또는 '어느 세월에'라는 뜻으로 해석되었다고 한다.

미나리와 장다리

미나리는 사철이요
장다리는 한철이라
메꽃 같은 우리 딸이
시집 삼 년 살고 나니
미나리꽃이 다 피었네

본래 이 동요는 숙종이 장희빈을 편애하여 인현왕후를 폐서인시킨 내용을
담았다. 민씨 성의 인현왕후를 미나리로, 장희빈을 장다리, 즉 초여름에 꽃피
는 무씨받이 장다리꽃으로 비유했다. 일설에는 『구운몽』과 『사씨남정기』의 저
자 서포 김만중이 지어서 아이들에게 퍼뜨린 동요라고도 한다.

　　그러나 이 노래에서는 시집가서 고된 시집살이에 시달린 딸자식의 초췌한
모습을 미나리꽃에 담고 있다. 미나리가 너무 자라서 시들어 꽃 필 때는 모양
새가 초라해지기 때문이다. 또한 장다리 같은 한 계절뿐인 첩실을 나타내는
노래, 메꽃같이 튼실하게 어여뻤던 딸이 젊어서의 아름다움을 잃은 것을 탄식
하는 노래로 볼 수도 있다.

　　시집살이는 '벙어리 삼 년, 눈멀어 삼 년, 귀먹어 삼 년'의 석삼년, 다시 말해
서 구 년, 즉 산천도 변하는 세월이라는 약 십 년을 살아내고서야 제대로 시댁
귀신이 될 수 있다고 했다. 즉 알고 있어도 모르는 척 말하지 말고, 보았어도
못 본 척하고, 들었어도 말을 옮기지 않는 귀머거리 노릇을 하라는 의미였다.

방아 찧기

덩더쿵 덩더쿵 방아를 찧자

디딜방아 절구방아 물레방아 손방아 발방아

메누리방아 시에미방아 시뉘방아 딸래미방아……

이 방아를 찧어서는 떡 해 먹고 밥 해 먹고

이 방아를 찧어서는 죽 쒀 먹고 밥 해 먹고

이 방아를 찧어서는 같이 먹고 노나 먹고

이 방아를 찧어서는 아들하고 딸하고

메누리하고 사우하고

밥 해 먹고 죽 쒀 먹고 떡 해 먹고 묵 해 먹고

이 방아는 같이 찧고 저 방아는 혼자 찧고

우리 방아 이웃 방아 서로서로 같이 찧고

싸라기 받아 닭을 주고

딩겨(쌀껍질) 받아 개를 주고

온쌀 찧어 니캉 내캉 갈라먹고 사알자

유각골 처자는 사마지(쌈지)장사 처자

왕십리 처자는 미나리장사 처자

순담양 처자는 바구니장사 처자

영암 강진 처자는 참빗장사 처자

에라뒤야 방아로다

곡식을 빻는 농기계가 없었던 시절, 방아찧기는 오로지 여성의 노동력에 의
존했다. 따라서 매우 힘든 이 노동에서, 부녀자들과 아이들의 노래가 생겨날
수밖에. 힘든 노동의 고통을 잊고 재미있게 노동하려는 지혜에서 〈농군가〉〈모
심기 노래〉〈논매기 노래〉 등의 농부가와 〈베틀가〉〈베짜기 노래〉 등의 길쌈노
래들이 생겨나게 되었다. 이 방아 노래도 같은 이유에서 생겨나 여아들이나
부녀자들에게 애창되었을 것으로 짐작된다.

계녀가

태임(太任) 태사(太似) 착한 사적 만고에 유적이요

그 남은 유자 군자 여자 중의 몇몇인고

지금도 지적하면 옛사람뿐이로다

인문이 생긴 후에 오륜이 좇아 나니

규중의 여자로서 다 알 수야 있나마는

칠거지악 옛 법이라 삼종지도 모를쏘냐

그중에 사친지도 백행의 으뜸이라

효자의 수일지심(受日之心) 백년의 순식이라

순식간 사친이사를 일시인들 잊을쏘냐

율곡 선생의 어머니 신사임당은 중국 주나라의 어진 임금이었다는 문왕(文王)의 어머니 태임(太任)을 선생으로 모신다는 뜻에서 자신의 호를 스스로 사임당(師任堂)이라고 지었다. 이처럼 현모양처가 여성의 지상 최대의 덕목이던 시대에, 태임과 태임의 동생이자 주나라 무왕(武王)의 어머니인 태사(太似)는 우리 여성들의 사표(師表)였다. 소설가 김주영씨도 두 딸의 이름을 태님과 태사라고 지어 불렀으니, 그의 고향 풍속을 짐작할 만하다.

〈계녀가〉는 여성을 훈계하는 노래로, 이러한 모범인 태임과 태사가 칭송되었다. 주로 양반가의 여성들이 불렀던 노래로 짐작되는데, 유식한 예법과 한자성어가 가사 내용의 주류를 이루기 때문이다.

우암 송시열이 출가하는 딸에게 주기 위해 쓴『계녀서』란 책이 있는데, 남편이 열 명의 첩을 두어도 투기하지 말 것과 곡식과 돈을 꿔주고 돌려받는 도리, 노비 부리는 도리 등 부녀자 생활관리의 일체를 내용으로 하고 있다.

학수고대

시집갔던 사흘 만에

과거 본단 소문 듣고

과거 보러 가신 낭군

밤낮으로 기다리니

밤도 길어 해도 길어

길쌈이나 시작하네

갓 시집간 새댁네의 노래라 볼 수 있다. 남편이 과거 본다고 한양으로 떠난 사실도 직접 듣지 못하고 소문으로 전해들은 새댁네의 처지가 매우 안쓰럽게 전해진다. 당시 풍속이 이러했으니, 남편에 대한 일도 전해듣는 소문에 의지할 수밖에 없었을 정도로 엄한 시부모의 감독이 느껴지기도 한다.

새댁네는 과거 보러 갔다는 남편을 학수고대, 즉 학 모가지가 되도록 목을 길게 빼고 고통스럽게 기다릴 수밖에 없으니, 가뜩이나 긴 밤이 더 길게, 긴 해가 더 길게 느껴져 길쌈이나 하면서 세월을 달래고 남편의 장원급제를 빌고 기다리겠다는 심사이다.

실제로, 6·25를 전후하여 군입대가 예정된 총각이 장가를 들어 신부를 자기 집으로 신행해놓고 사흘 만에 입대하기도 했다. 이 혼인은 첫날밤에 씨라도 얻고자 하는 시부모님의 소망에서 이루진 것이었다. 신랑인 아들이 군대 가서 사망하더라도 그 후손이라도 생기도록 혼인을 시켰다는 뜻이다. 그러나 신부측에서 생각하면 얼마나 기가 차는가?

군대 가면 거의 다 죽는 것으로 알려졌던 당시에는 간혹 명산자손(名山子孫)이나 살아서 돌아오거나, 돌아와도 상이군인인 경우가 태반이었는데, 어쩌자고 남의 집 귀한 처녀의 앞길은 생각지 못했을까? 지극히 이기적인 발상에서 혼인이 이루어져, 신랑의 얼굴도 제대로 기억하지 못하고 과부가 되어 평생을 시댁 뒷바라지하며 늙었던 여자들이 이 땅에 얼마나 많았던가. 이 속요도 이런 맥락에서 옛 시대의 여자 팔자를 잘 나타내는 부녀자들의 노래가 아닐까.

세덕가

진성 이씨 세덕가

누이야 여아들아 내 말쌈을 듣거시라
사람의 백행실이 효도가 으뜸이라
효도라 카난 것은 부모님뿐 아니노라
제 몸의 조부모난 부모님의 부뫼시고
제 몸의 증조부난 조부님의 부뫼시고
이대로 미루우면 천백 대가 부뫼시라
(……)

전주 류씨 세덕가

천지지간 만물지중에 신령한 인류로서
사단칠정 성품 타고 삼강오륜 법을 삼아
반만년 역사 잇난 우리 동국 문명으로
하물며 안동예안 추로지향 유명하네
명현달사 배출이요 문장도학 입립이라
우리 류씨 일방(一方)차지 하동고족(河東高族) 그 아닌가
(……)

〈세덕가(世德歌)〉는 춘천교대의 김인구 교수가 자신의 문중을 비롯한 안동 지방 사림에서 발견된 자료를 중심으로 연구한 논문을 통해 학문적으로 알려졌다. 영남의 이름난 문중에서도 비슷한 노래를 남녀가 암송하고 있었는데, 1910년 경술국치 직후 상실 위기에 처한 가계와 친족의 역사를 노래 형식으로 기술하여 자손들에게 가르치고자 한 의도로 시작되었다고 한다. 사대부의 후예들인 〈세덕가〉의 작자들은 경술국치 이후 격변기를 거치면서 민족보전의식을 성숙시킨 결과, 사림정신의 계승으로 격변할 미래사회에 대처하려 했다.

이런 목적으로 저술되어 자녀들에게 가르쳐 애송된 〈세덕가〉 중에 발견된 것은 〈문소 김씨 세덕가〉〈광산 김씨 세덕가〉〈전주 류씨 세덕가〉〈진성 이씨 세덕가〉〈가세영언, 풍산 김씨 세덕가〉〈안동 권씨 세덕가〉〈안릉 세덕송, 의령 남씨 세덕가〉〈한양 조씨 세덕가〉 등이라고 한다.

이들 세덕가는, 근소한 차이는 있으나 대개 영남 지방 사림사회에서 저성(箸姓)으로 알려진 가문에서 역대 선조들의 덕화훈업(德化勳業)과 부덕효열(婦德孝烈)을 항렬순으로 서술한 장편가사의 성격을 띠고 있다. 그러므로 가문창달을 목적으로 자녀들에게 가르쳐 송덕하게 하는 조상 대대의 훈업을 득성시조(得姓始祖)에서 자기네 마을의 입향시조(入鄕始祖)를 거쳐 작자의 선대까지 전기적으로 노래하였다.

꿩고기

저 꿩을 잡았으면 한두 마리 잡았으면

퍼덕이는 날갯살은 시어머님 드렸으면

힐금힐금 보는 눈은 시아버지 드렸으면

매톱 같은 주둥이는 시누이한테 주었으면

걷고 걷는 정강이는 서방님한테 드렸으면

썩고 썩은 가슴살은 설운 내가 먹었으면

고된 시집살이를 하는 며느리의 비애가 적나라하게 나타난 속요이다. 따라서 아이들의 동요라기보다는 부녀자들의 탄식이 속요로 승화된 것이라 할 수 있다. 시댁 식구들의 여러 특성을 꿩고기 먹기에 비유한 노래였으니, 좀 자란 여아들이나 부녀자들이 불렀던 노래가 아니었을까? 물론 남녀 아이들 모두가 누이나 어머니, 숙모, 백모들의 이런 노래를 듣고 흉내내어 부르면서 자라겠지마는……

달

달도 달도 밝다 동침도 밝다

쪽고실로 저고리 짓고

붉은 실로 합주 달고

능금 낭군 질소매

아니 꺾은 해당화를

날더러 꺾었다제

복어알 삶아 먹고

자는 듯이 나는 죽네

여아들이나 부녀자들이 즐겨 불렀다고 전해진다. 억울한 누명을 쓰고 연인
이나 남편에게 버림받은 처녀나 여자의 처지에서 부르는 노래, 즉 부요였다.

나비 노래

나비 나비 범나비
배추밭에 흰나비
장다리밭에 노랑나비
미나리꽝에 호랑나비
거미줄에 걸린 나비
냇물가엔 장수나비
얼룩덜룩 얼룩나비
팔랑팔랑 잘도 난다
팔랑팔랑 잘도 난다

노랑꽃에 하양나비
하양꽃에 노랑나비
꽃밭에서 나비 날고
임의 방에 임이 드는데
이내 방엔 누가 드나
이내 꽃엔 무신 나비 오나

임아 임아 고운 임아

이내 나도 꽃이란다

시든 꽃도 꽃이란다

벌도 나비도 임이란다

음(陰)과 양(陽)의 조화가 이루어져야 가장 이상적인 우주의 질서가 이루어진다고 보는 우리 전통문화에서는 꽃은 여성, 나비는 남성의 상징이다. 이 노래에서도 이런 음양의 상징이 잘 나타나 있다. 따라서 아주 어린 아이들보다는 좀 자란 아이들, 특히 여아들이나 성인 여성들이 불렀다고 짐작되는 노래이다.

우리 민속에서는 오색이라 하여 청·홍·백·흑·황색을 즐겨 사용했는데, 각기 동서남북과 중앙의 방위를 나타냈다. 따라서 색동옷이나 물감에 이들 오색, 즉 오방색을 잘 사용했고, 꽃이나 과일에도 오색의 색상을 선호했다.

모개야

울퉁불퉁 모개야
아무따나 크그라
울퉁불퉁 크그라
아무따나 크그라

옛날에는 좋고 귀하고 탐나는 것은 악귀가 노리는 대상이 된다고 믿었다. 그래서 아기도 잘생겼을수록 밉다고 했다. 어여쁠수록 못났다고 하여, 귀신이 들어도 정말로 미운 줄 알고 눈독 들이지 않게 되어 병들거나 다치는 등의 피해를 입지 않는다고 생각한 것이다.

"에이 그 녀석 밉상이다" "밉게도 생겼다" "못생겼구만"이라고 소리내어 크게 말하며 얼러줬듯 이 동요도 이런 발상과 생각의 연장에서 해석할 수 있다.

과일 중에 모과가 가장 못생겼다 하는데, 모과에 비유하여 아무렇게나 울퉁불퉁해도 좋으니 건강하게 자라달라는 장수장명(長壽長命)의 기원으로, 아이의 조부모나 부모 또는 형이나 누이들이 아기를 어르고 달래며 불렀다.

달 노래

달아 달아 밝은 달아

이태백이 놀던 달아

저기 저 달 속에

계수나무 박혔으니

옥도끼로 찍어내어

금도끼로 다듬어서

초가삼간 집을 짓고

양친부모 뫼셔다가

천년만년 살고 지고

천년만년 살고 지고

달에이 달에이 밝은 달에이

이태백이 놀았던 달에이

거기 거기 달 속에는

정든 임이 있단 말가

정든 임이 있다며는

나도 가서 같이 놀자

임과 내와 같이 살자

초가삼간 집을 짓고

아들 낳고 딸 낳고

장끼같이 까투리같이

그럭그럭 살고 지고

그럭저럭 살고 지고

박상만의 『조선교육사』 상권에 의하면, '달(月)'은 '딸'의 원어로서 미혼 여성을 의미했다. 즉 밤하늘을 비추는 은은하고 조용하고 우아한 달을, 아들 아닌 딸로 본 것이다. 그러다가 점차 고음화, 경음화되면서 딸로 부르게 되었는데 여아를 '달'로 남아를 '안달', 즉 달이 아니라는 의미로 부르다가, '달'이 '딸'로 불리면서 남아는 '안달'에서 '아달' '아들'로 변음화되었다고 한다. 1930~1940년대에 인쇄된 옛 성경에서 "하나님 아바지와 그의 아달 예수 그리스도"라는 구절이 발견되었는데, 이런 어휘는 아마도 '달'과 '안달'이 '딸'과 '아달' '아들'로 변화하는 과정의 근거가 될 수 있을 것이다.

또, 달 속에는 달의 동물인 토끼가 산다고 했다. 달 속의 토끼는 '항아', 즉 옥토끼라 하여 귀하게 여겼고, 옥토끼는 계수나무 아래서 떡방아를 찧는다고 했다. 우리 선조들의 이런 상상력이 위의 동요에 잘 나타나 있다.

중국의 시선 이태백이 유난히 달을 사랑하여 달과 관련된 시를 많이 지었고, 술을 많이 마시고 강물 속의 달을 안으려고 물 속으로 뛰어들어 죽었다는 속설에서 "이태백이 놀던 달"이라고 노래한 듯하다. 우리나라 전역에서 발견되는 이 동요는 어릴 적에 즐겨 부르던 달밤의 동요였다.

전통사회는 효를 중시하는 유교사회였기 때문에 "양친부모 뫼셔다가"라는 구절이 반드시 들어간 듯 짐작된다. 그러나 뒤의 노래는 앞의 노래와는 달리 아이들이 즐겨 불렀던 동요라기보다는 아녀자들이 달밤에 길쌈이나 바느질을 하거나 가사를 돌보면서 즐겨 불렀던 노래였음을 가사 내용에서 잘 알 수 있다. 사랑하는 임과 함께 달 속에 집을 짓고 평화롭게 살고 싶다는 의미였다. "살고 지고"의 '지고'는 죽다, 또는 한없이 살아가고 싶다는 뜻이라고 한다.

서방

서방 서방 무신 서방

옷 서방 돈 서방 밥 서방 몸 서방

서방 아래 남방 있고 남방 우에 동방 있고

동방 곁에 북방 있고 북방 우에 천(天)방 있고

천방 아래 지(地)방 있고 천방 못 간(못 미쳐) 백방 있고

천방 너머 만방 있고

니 서방 내 서방 천 서방 만 서방

지 서방은 땅 서방 천 서방은 하늘 서방

구 서방은 아홉 서방 배 서방에 사과 서방

감 서방 밤 서방 낮 서방 대추 서방

잣 서방 사과 서방 배 서방 추자(호두) 서방

(……)

서방이란 어휘를 여러 가능한 상황과 결합, 연계시킨 속요이다. 상민들의 말장난이라고 할 수도 있지만, 유사하거나 그럴싸한 관련성을 가진 어휘들과 결합, 연계시킴으로써 목표한 의미를 만들어 보여주고, 어휘를 연상시켜주는 내용으로 되어 있다.

이 속요 또한 상민 부녀자들이나 남자아이들이 즐겨 불렀다고 본다.

자장가

자장 자장 워리 자장 / 우리 아기 잘도 잔다

멍멍개야 짖지 마라 / 꼬꼬닭아 울지 마라

우리 도련님 잘도 잔다 / 우리 귀둥녀 잘도 잔다

내 강생이(강아지) 잘도 잔다

자장 자장 워리 자장 / 우리 아기 잘도 잔다

선녀같이 고운 애기 / 곱게 곱게 자는 밤에

닭도 개도 아니 짖네 / 우리 아기 잘도 잔다

새는 새는 남게(나무에) 자고 / 쥐는 쥐는 구무(구멍)에 자고

소는 소는 마구에 자고 / 닭은 닭은 횃대에 자고

내 새끼는 할미 품에 자네

앞집 애긴 못난 애기 / 우리 애긴 잘난 애기

우리 애기 자는 소리 / 워리 자장 워리 자장

저기 가는 금둥개야 / 우리 애기 재웠다고

우리 애기 잘도 잔다 / 금둥개야 짖지 마라

자장 자장 워리 자장 / 자장 자장 우리 애기

선녀같이 고운 애기 / 샛별같이 밝은 눈에

곱게 곱게 자는 밤에 / 닭도 개도 아니 짖네

가물가물 잠이 와서 / 조랑조랑 맺히거라

새는 새는 남게 자고/소는 소는 마구에 자고
쥐는 쥐는 구무에 자고/닭은 닭은 횃대에 자고
내 강아지는 어미 품에 자지

금자동아 옥자동아/일가친척 화목동이
수명장수 부귀동이/동네방네 유신동이
은을 주면 너를 사랴/금을 주면 너를 사랴
태산같이 전세하라/하해같이 살아갖고
무명천지 지내볼까

나라에는 충신동이/부모에는 효자동이
형제간에 우애동이/대소집안 재롱동이
어화둥둥 내 아들아/어화둥동 정내 딸아

은자동아 금자동아/세상천지 으뜸동아
부모에는 효자동아/나라에는 충성동아
얼음굶에 수달피냐/사낫밑에 미나리냐
무주공산 잣송이냐/청산 봉안 대추씨냐
날아가는 학선인가

옷고름에 옥동자요/수팔년에 밀동자요
선수불공 내 아들아/녹음에 진 정내 딸아
은을 주면 너를 사랴/금을 주면 너를 사랴
남전 북답 장만한들/이에서 더 좋으랴
산호 진주 얻었던들/이에서 더 좋으랴
대장 되면 을지문덕/충신 되면 백이숙제
두둥 두둥 두두둥/둥게 둥게 두둥게야

아가 아가 우지 마라/가마솥에 불을 지펴
옹솥에다 불을 지펴/암탉 알을 넣으며는
너 어메가 온다드라/자장자장 우지 마라
인물 병풍 그린 닭이/짧은 목을 길게 빼고
두 날개를 타악 치며/꼬끼요 하고 울며는
너 어메가 온다드라/우지 마라 우리 아가

여름 애긴 너무 울면/목두 쉬고 눈도 붓제
삼 년 묵은 쇠뼉다구/털이 나서 살 붙으면
너 어메가 온다드라/노랭이도 자서라야
바둑이도 자서라야/고네기도 자서라야
우리 애기도 재워다오

아가 아가 우리 아가/금을 준들 너를 사랴

옥을 준들 너를 사랴/어화둥둥 내 딸이야

열 소경의 한 막대요/분밤서 안등경이요

새벽바람 사초롱에/당기 끗에 물린 진주요

얼음굶에 잉어로고/어화둥둥 내 딸이야

문전옥답 장만한들/이에 더 좋을쏘냐

산호 진주 얻었던들/이에 더 기쁠쏘냐

표진강의 숙향이가/네가 되어 태었구나(태어났구나)

은하수 직녀성이/네가 되어 하강했나

어화둥둥 내 딸이야

자장 자장 워리 자장/우리 애기 잘도 잔다

금을 준들 너를 사랴/은을 준들 너를 사랴

나라에는 충신동이/부모에는 효자동이

일가방상 화목동이/동네에선 인심동이

유기제물 지는(만드는) 동이/남전북답 지는 동이

금자동이 은자동이/천지건곤 일월동이

자장 자장 워리 자장/우리 애긴 꽃밭 애기

눅전근에 꽃잎으로 / 곱게 곱게 덮어주고

남의 애긴 쇠똥밭에 / 눅저근에 쇠똥으로

굳게 굳게 덮어준다

자장 자장 워리 자장 / 우리 애긴 잘도 잔다

우리 애기 자는 소리는 / 금은보배 지는 소리

남의 애기 자는 소린 / 한성 빚을 지는 소리

자는 것도 잠소리며 / 우는 것도 잠소리며

자장 자장 워리 자장

앞집 개야 짖지 마라 / 뒷집 개야 짖지 마라

우리 애기 깨어나면 / 다시 잽기 어려워라

자장 자장 워리 자장 / 우리 애기 잘도 잔다

니네 어멍 니네 아방 / 질긴 질긴 총배로(돛배 등에 사용하는 질긴 줄) 걸
려다가

짚고 짚은 천지소에 / 드리떠렁 내리떠렁

앞밭에레 혼꽝 내껴 / 뒷밭에레 혼꽝 내껴

앞집 할망 불담으레 / 오란 보란 불담으레

앞집 고양이 박박악 / 먹엄시난 꼬부라아강깽

워리 워리 워리 자장 / 우리 아기 잘도 잔다

뒤뜰에 우는 송아지 / 뜰 앞에 우는 비둘기

성(형)아 등에 우리 애기 / 숨소리 곱게 잘도 자지

앞산 수풀 도깨비가 / 방망이 들고 온다지러

덧문 닫고 기다리지

건넌동네 다리 아래 / 항수물이 불었다네

앞산 밑에 큰애기네 / 심은 호박 꽃피어도

김매는 성님네는 / 아니 오네 안 오네

고은 조름만 혼자 오네 / 우리 애기 잘도 잔다

뒷집 개도 잘도 잔다야 / 앞집 개도 잘도 잔다야

오동나무 가지 우에 / 봉황새의 잠일런가

수명장수 활 잠 자고 / 만석거부 말 잠 자고

그렁저렁 먹고살면 / 되잠 자고오 뒷박잠 자고

걸지 걸뱅이 알거지는 / 쪽박 베고 잠을 잔데

자장 자장 워리 자장 / 우리 아기 잘도 잔다

앞집 개는 못도(못나게) 자고 / 뒷집 개도 못도 자고

우리 애기만 잘도 잔다 / 쌔근쌔근 잘도 잔다

머리끝에 오는 잠이 / 눈썹 밑에 내려와서

우리 아기 워리 자장 / 우리 아기 잘도 잔다

만첩산중 호표동아 / 칠기청산 백옥동아

우리 아가 잘도 잔다/명잠 자고 복잠 자자

수명장수 복잠 자고/부귀 다남 복잠 자자

우리 애기 자는 소린/금은보배 지는 소리

남의 애긴 자는 소린/한양 빚을 지는 소리

자는 것도 잠소리며/우는 것도 잠소리며

자장 자장 워리 자장

앞집 개야 짖지 마라/뒷집 개야 짖지 마라

우리 애기 깨어나면/다시 잽기 어려워라

자장 자장 워리 자장/우리 애기 잘도 잔다

니네 어멍 니네 아방/질긴 질긴 총배로 걸려다가

짚고 짚은 천지소에/드리떠렁 내리떠렁

앞밭에게 혼꽝 내껴/뒷밭에레 불담으레

오란보란 앞집 고양이/박박 뜯어 먹엄시난

꼬부우랑 막대기로 타악 패난/고부랑강깽 고부랑강깽

워리 자장 워리 자장/우리 아기 잘도 잔다

언니 등에 우리 애기/수모리 곱게 잘도 자지

앞수풀 도깨비가/방망이 들고 온다지야

덧문 닫고 기다리지/건넌동네 다리 아래

항수물이 벌렁다네/앞산 밑에 큰애기네

심은 호박 꽃 피어도/김매는 형님 아니 오네

고은 조름만 혼자 오네／우리 애기 잘도 잔다

오동나무 가지 우에／봉황새의 잠일런가

수명장수 활 잠 자고／만석거부 될 잠 자자

(……)

우리의 전래 자장가는 수천 수백 가지로 발견되지만, 서로 엇비슷한 내용이다. 주로 아기, 즉 젖먹이를 재우거나 좀 자란 아기를 등에 업고 잠재우며 불렀던 어머니와 할머니, 누이들의 노래였다. 따라서 모성적 애정과 기대와 포부가 가장 진솔하게 나타난 노래이며, 당시의 생활상도 잘 나타나 있는 노래이다. 집에서 키우는 여러 가축들이 등장하고, 당시 자녀에 대한 가치와 부모의 소원 등이 진솔담백하게 나타나 있다.

자식에게 절대가치를 부여했던 우리 선조들은 자식들이 남전북답, 즉 남쪽의 밭을 얻고 북쪽의 논을 사게 된 재물복보다 더 소중하다고 했다. 효제충신 (孝悌忠信) 인의예지신(仁義禮智信) 등의 가치와 애정 어린 기대와 소망이 꾸밈없이 나타나 있고, 옛 시대의 충신, 효자 및 절개 높은 인물들처럼 되라는 교육적 내용이 끝없이 이어질 수 있게 지어졌다. 전래동요 등 옛 노래의 가장 뚜렷한 특징이, 바로 노랫말의 끝이 없어 부르는 이가 누구든지 마음대로 덧붙여 부를 수 있었다는 점이다.

자장가는 아기의 어머니나 할머니, 누이 등의 여성들이 자신들의 신세한탄
도 담아서 단조롭고 구슬픈 곡조로 불렀는데, 이는 당시 여성들의 존재가치가
자식을 잘 낳아 잘 키우는 것으로 좌우되었기 때문이다. 따라서 자녀들이 어
머니의 신분과 운명을 좌우하는 절대가치가 되었다. 남편이 성공해도 정경부
인의 첩지를 하사받을 수 있었지만, 자식을 잘 키워 입신양명하게 되면, 그 어
머니는 자식의 공로로 나랏님으로부터 정경부인의 첩지는 물론 불천지위(不
遷之位)라는 영예로운 첩지를 하사받을 수가 있어, 자손 대대의 광영으로 인정
되었기 때문이다.

불천지위 또는 불천위는 나라에서 하사되는 것과 문중에서 결정되는 것 두
가지가 있었는데, 말할 필요도 없이 조정에서 하사되는 것이 더 영예로웠다.
죽은 후에 세월이 아무리 흘러도 불천위로 모셔진 분의 제사는 계속 받들게
되었고, 따라서 그 가문에서 자랑거리로 영광스러워했다. 그러므로 여성에게
자식의 입신양명은 최고의 성공이었고, 따라서 자장가에서도 중국의 충신 의
절들의 이름이 거명된 것이다. 매우 교육적인 여성 노래였다.

둥게야

둥게 둥게 두둥게야
먹으나 굶으나 두둥게야
입으나 벗으나 두둥게야
둥게 둥게 두둥게야
얼씨구나 두둥게야
이내 새끼 두둥게야
딸아 딸아 정내 딸아
둥게 둥게 두둥게야
딸아 내 딸 연지 딸아
두둥게야 두둥게야
오줌을 싸도 두둥게야
똥을 싸도 두둥게야
우리 귀동녀 두둥게야
우리 복실이 두둥게야

자장가와 함께 아기를 어르는 어른들, 특히 할머니나 어머니의 노래였다. "둥게 둥게 두둥게"는 흥을 돋우는 도입어휘이고, 이어지는 내용은 소원과 기대, 애정을 담았다.

귀동녀는 귀한 여자아기라는 의미이고 복실이는 아이의 이름으로, 아마도 같은 아기를 이리저리 불렀던 것이 아닌가 한다.

칠거지악(七去之惡), 삼종지도(三從之道), 칠출삼불거(七出三不去) 등에서 보듯 조선조 여자의 운명은 자식으로 결정되었으니, 자식은 인간의 본능 이상의 가치였다. 따라서 자식에 대한 기쁨과 소망과 기대감이 이런 노래를 저절로 생겨나게 했으리라.

칠거지악은 시부모 잘못 섬기는 것, 자식(아들) 못 낳거나 못 키우는 것, 부정(不貞)한 짓(사통, 간통), 질투, 수다, 도둑질이었고, 삼종지도는 출가 전에는 친정아버지를, 시집가서는 남편을, 남편이 죽으면 자식을 따르는 것이었다. 칠출삼불거는 칠거지악을 범한 여자라도 세 가지에 해당되면 이혼당하지 않는다는 최소한의 여권 보장이었다. 즉, 혼인할 때는 시댁이 가난했으나 함께 사는 중에 재산이 좀 불어난 경우, 부모의 삼년상을 함께 치른 부인, 돌아갈 친정이 없는 부인은 이혼하여 쫓아내지 못한다는 내용이었다.

약손

개똥이 배는 똥배
할미 손은 약손
니 배는 개배고
내 손은 약손이다

이유기의 아기는 모유 대신에 다양한 먹을 것을 먹게 되었다. 이때, 예컨대 풋과일이나 색다른 음식을 먹고 배탈이 나면 가사에 바쁜 젊은 엄마보다는 생활현장에서 한두 걸음 물러나 있으면서 자신의 자식들을 길렀던 경험으로 손주들을 돌보며 대리모의 역할을 하는 할머니를 찾게 되었다. 그러면 풍요로운 육아의 경험자인 할머니는 손주의 심리적인 헛헛증, 즉 모유와 어머니에 대한 아쉬움을 알아차리고 손주의 배를 손바닥으로 아래위로 좌우로 쓸어주면서 약손 노래를 불러주었다.

할머니 손바닥의 따스함이 아기의 배를 어루만지는 동안 피부접촉(skinship)이 아기의 심리적 애정 결핍증인 헛헛증을 채워주었고, 동시에 재미있고 우스운 노래를 따라서 부르며 함께 웃다가 어느새 신체적 통증을 잊어버리게 된다는 것이다. 대부분의 노인들은 손주들에게 이런 동요를 불러주면 정말로 배앓이가 나았다는 경험을 토로했다.

간혹 할아버지나 아버지가 불러주기도 했지만, 주로 할머니 또는 어머니들이 젖 떼는 시기나 그 이후의 아기들에게 불러주었고, 형이나 누이가 어린 동생을 위해 불러주기도 했다.

베짜기 노래

암방 담방 자질개야 강태공의 자질개야

대추나무 연지북에 칭칭나무 바디집에

한강에 솟은 물은 왼강에 둘러놓고

꾸리 한 쌍 적셔놓고 옥색 촉색 알을 물고

평안강을 넘나든다

말굽발을 차는 양은 당상을 걷어차고

잉애발비 서는 양은 줄줄이도 빗줄이라

최알을 꼽은 손은 국화손으로 휘어잡고

잉앗대는 삼형제요 눌림대는 독신이라

용두머리 베개 밑에 소리 남은 쌍쌍화살이라

각시님의 헌신짝은 제모줄로 목을 매어

끊으실래 놓으실래 도투마리 주는 양은

뇌진병이 들었는가 고지 고지 말라지네

우리 오라버니 장개갈 때 창애도포 지어주마

그 나머지 마주 짜서 올라가는 청계수야

나려오는 구군들아 우리 선배 오시던가

오기서야 오데마는 수물 하나 상두꾼에

발맞추어 오더라 너호 넘차 너호 넘차 발맞추어 오더라

베틀 노래

사치미라 갈린 양은 칠월이라 칠석날에

견우직녀 갈리는 듯 보경잇대 치리는 양

설운 임을 이별하고 등을 밀어 지치는 듯

잉앗대는 삼형제요 눌림대는 홀아비라

세모졌다 비경이 눈 올올이 갈라놓고

가리세라 저는 양은 청룡황룡이 굽히는 듯

용두머리 우는 소리 새벽 서리 찬바람에

외기러기 짝을 잃고 짝 부르는 소리로다

도투마리 노는 양은 늙은이 병일런가

누었다가 앉았다가 절로 굽는 신나무는

헌신짝에 목을 매고 댕겼다가 물렀으랴

꾸벅꾸벅 절을 한다

〈베틀가〉〈베짜기 노래〉 또는 〈길쌈 노래〉 등으로 전해지는 여러 속요 중에
속한다. 베틀의 구조, 이름, 기구들이 베를 짤 때마다 움직이는 모습, 베짜는
부녀자들의 유·무식 정도, 신세타령, 소망과 소원 등이 얼크러져 서러운 노래
들로 엮어졌다.

엎어져서 난 상처에

니 애비 먹든 약일따아
어서 받아 먹그라
니 에미 먹든 약일따아
얼른 받아 먹그라
받아 머그라 잘 낫지러
고마 다 나았네이

돌이 많아서 울퉁불퉁한 길이나 평탄하지 못한 들길·마을길에서 아이들이 급히 뛰어다니다가 엎어져 팔꿈치나 무릎이 다치거나 피가 났을 때, 흙가루를 상처에 뿌려주면서 지혈(止血)을 노렸다. 이때 아프다고 우는 아이를 달래는 노래로, 흙이 부모의 상처도 치료했던 약이라고 속이면서 불렀다고 한다.

미당 서정주 선생의 시 중「무슨 꽃으로 문지르는 가슴이기에 나는 이리도 살고 싶은가」라는 시에 위의 동요와 흡사한 구절이 나온다. 나물 캐러 간 누이 또래의 여아들을 따라가다가 엎어져 상처난 데에 이들이 흙을 뿌리고 꽃잎을 뜯어서 문질러주니 잘도 나았다는 내용이다.

농경시대의 땅과 흙은 어머니였다. 음양에서 하늘은 남성이자 아버지이고, 땅은 농산물의 생산자, 곧 여성의 자녀 생산과 동일한 이치로서 어머니이자 여성이었다. 그러므로 흙을 상처에 뿌리는 것은 곧 어머니의 돌봐주심이기도 하다고 믿었던 것에서 이런 동요말이 생겼으리라.

춘아 춘아 옥단춘아

전래속요 — 옛날 남자들의 노래

엿장시

엿 사시여 엿을 샀뿌렁
울릉도라 호박엿을
전라도라 찹쌀엿을
강원도라 감자엿을
엿 사시영 엿을 싸이
울긋불긋 호박엿을
찰싹 앵긴다 찹쌀엿을
강원도라 메밀엿을
경상도라 좁쌀엿(보리엿)을
강냉이엿을 술엿을 파엿을

모난 세상 정 맞겄다
둥글둥글 호박엿을
간 사람 임 기룬데(그리운데)
찰싹 붙었다 찹쌀엿을
(……)

아이들의 주전부리 또는 군것질감이 부족하던 시대에 엿장사가 파는 엿은 그 단맛 때문에 다른 군것질거리인 과일이나 떡보다 훨씬 선호되었다. 그래서 이런 동요도 생겼으리라.

엿의 재료와 지방별 특산물의 특성을 엿의 종류와 짝지어서 부른 동요이다. 가위 소리를 곁들인 엿 파는 엿장사를 내세운 이 동요 또는 속요는 엿장사와 엿을 사먹는 아이들이 흥겹게 부른 노래이다. 마음대로 지어 덧붙이거나 바꿔 부를 수가 있었다는 점이 모든 전래동요·속요의 속성을 잘 따르고 있다.

경상도는 산세가 험하여 논이 적어서 밭에 조를 심어 식량으로 하였기에 좁쌀엿이나 보리엿이라고 했으리라. 경상도 사람들을 보리문둥이라고 한 점을 연상하면 쉽게 이해된다.

이를 남성 어른들의 속요로 본 점은, 이 자료를 제공한 노인들이 이 노래를 남녀간의 애정팔이 노래로 보았기 때문이다. 떠돌이 엿장사가 냇가에서 빨래하는 여인네들에게 수작을 걸거나 우물길의 물동이 인 아낙네에게 엿의 맛과 생김새를 빙자하여 상스러운 수작질을 한다고 해석했다.

요즘도 '찰떡 궁합'이라는 말이 있어 찹쌀엿의 특성과 '엿먹어라'는 욕설의 의미도 짐작할 수 있다.

품바 타령

어얼시구 들어간다 저얼시구 들어간다

이내 몸이 이래 봬두 정승 판서 자제로서

진사급제 마다하고 각설이로 돌아섰다

일자나 한 자 들고나 보니 일편단심 우리 낭군

해방이 되면 돌아오신다

이자나 한 자를 들고나 보니 이승만이는 대통령

아주사는 걸뱅이 동포

삼자나 한 자를 들고나 보니 제비 오난 춘사월인데

그 옛 임은 안 돌아오네

사자나 한 자를 들고나 보니 사서삼경 다 읽고서도

알성(장원)급제를 못 했구나

(……)

얹은 고리 동고리 선 고리 문고리

뛰는 고리 개고리 나는 고리 꾀고리

입는 고리 저고리 저리시구 시구 잘헌다

한 발 가진 객귀(客鬼) 두 발 가진 까마귀

세 발 가진 삼족조(三足鳥) 네 발 가진 당나귀

먹는 귀신 아귀라 저얼시구 잘헌다

팔도 장타령

어얼시구 시구 들어간다/저얼시구 시구 들어간다

화순장터에 널아재/곡성장터에 석곡재

순천장터에 체개재/남원장터에 여원재

인월장터에 팔령재/함양장터에 매치재

산천장터엔 의헌재/진주장터에 내가 왔네

품바 품바 잘헌다/시구 시구 잘헌다

어얼시구 시구 들어간다/저얼시구 시구 들어간다

안성장터를 나갔더니/장이 안 서서 못 보고

도미장터를 갔더니/오무라져서 못 보고

평택장에를 갔더니/평안해서 못 봤네

품바 품바 잘헌다/시구 시구 잘헌다

어얼시구 시구 들어간다/저얼시구 시구 잘헌다

경상도라 각설이하러 나온다

껑충 뛰었다 노루장/다리 짧아 못 보고

코 풀었다 홍애장/미끄러워 못 보고

흔들흔들 제천장/어지러워서 못 보고

바람 불어 풍깃장/비가 와서 못 보고

품바 품바 잘헌다/저얼시구 잘헌다

장타령

각설이라 먹설이 /동서리를 짊어지고

죽지를 않고 찾아왔소

<u>뜨르르 뜨르르</u> 몰아 장타령

흰 오얏꽃 옥파장 /누른 버들 김제장

부창부수 화순장 /시화연풍 낙안장

쑥 솟았다 고산장 /철철 흘러 장수장

삼도도화 금산장 /일색춘풍 남원장

십오 리에 장성장 /애고 대고 곡성장

오늘 가도 진안장 /코 풀었다 흥덕장

주인은 있어도 무주장 /술은 싱거도 전주장

물을 타도 원주장 /탁주를 먹어도 청주장

돈을 내도 공주장 /맨술을 먹어도 안주장

이 장 저 장 다닐 적의 /뉘릿뉘릿 황육전

펄펄 뛰는 생선전 /울긋불긋 홍화전

파삭파삭 담뱃전 /얼걱덜걱 옹기전

딸각딸각 나막신전 /호호 맵다 고초전

어서 가자 어서 가 /오란 곳은 없어도

우리 갈 길 바쁘요

놀부 샌님 이 가게 헙시요오

품바

허품바 너 품바 / 잘헌다 잘헌다 / 품바 품바 잘헌다

초당 짓고 헌 공부냐 / 실수 없이 잘헌다

동삼 먹고 배웠냐 / 찐기 있게도 잘헌다

몇 동이나 먹었느냐 / 미끈미끈 잘헌다

목구멍에다 불을 켰냐 / 훤언허게도 잘헌다

시전 서전 읽었는지 / 유식허게도 잘한다

논어 맹자 읽었는지 / 다문다문 잘한다

냉수동이나 먹었는지 / 시언시언 잘한다

뜨물통이나 먹었는지 / 걸직걸직 잘한다

기름통이나 먹었는지 / 미끈미끈 잘한다

뱃가죽이 두꺼운가 / 일망무제로 나온다

네가 저리 잘헐진대 / 네 선생님 오죽허랴

네 선생이 누구냐 / 네 선생이 내로구나

목은 조금 쉬었어도 / 아니리가 일쑤로다

주제꼴은 꼴불견이나 / 들은 멋은 다 들었다

허품바 잘헌다 / 얼씨구나 잘헌다

목 쉴라 목 쉴라 / 대목장에 목 쉴라

대목장에 목 수이 쉬면 / 열두 식구가 다 굶는다

가만 가마이 섬겨라 / 네 못 허면 내가 허마

어품바 품바 품바 / 잘헌다야

십장가

어얼시구 시구 들어간다 저얼시구 시구 들어간다

일자나 한 자 들고 보니, 휘나리 송송 해송송 밤중 신새벽에 들어간다

이자나 한 자 들고 보니, 이 장 치고 저 장 치고 파랑벽은 내가 친다

삼자나 한 자 들고 보니, 삼월이라 삼짓날에 제비 한 쌍이 날아든다

사자나 한 자 들고 보니, 사시사철 바쁜 길을 점심참이 늦었구나

오자나 한 자 들고 보니, 오관 참장 관훈장 적토말을 집어 타고 제갈공명 들어간다

육자나 한 자 들고 보니, 육관대사 저 스님이 팔선녀를 끼고 희롱한다

칠자나 한 자 들고 보니, 칠년대한 가뭄날에 구름 한 점 내리더니, 만백성이 춤을 춘다

팔자나 한 자 들고 보니, 운봉 뒷재는 팔령재, 여덟 장군이 춤을 춘다

구자나 한 자 들고 보니, 귀가 크고 늙은 중놈, 먹장삼 걸치고 꼬부랑 꼼사 염불헌다

장자나 한 자 들고 보니, 장안에 왕초는 박 대뺑, 말랑 백사 어른이로다

품바 치고도 잘한다

각설이와 품바는 다 타령이라고 하지만, 가락과 장단이 달라서 음조 역시 약간은 다를 수밖에 없다. 왜정시대에 시대상을 비관하고 가출하여 떠돌던 이들이 무리 지어 다니면서 지어불렀다는 점에서는 비슷하지만, 경상 전라 지역의 차이에서 장타령과 결합되기도 했다. 최근세의 해방 후 정권에 이르는 내용까지도 있는데, 불과 삼십여 년 전까지만 해도 〈품바 타령〉이나 〈각설이 타령〉을 해마다 쉽게 들을 수가 있었다고 한다.

　〈엿장시〉와 마찬가지로 〈품바 타령〉이나 〈장타령〉〈십장가〉도 그 음색과 의미가 여성들이 들으면 귓불이 붉어지도록 상스러운 것이라고 한다. 그런 육담스런 구절들이 두루 겹치고 이어지고 있다.

각설이 타령

자악년에 왔던 각설이 / 죽지도 않고 또 왔네

또 와서 미안코 죄송허네 / 에헤야 에헤야 들어간다

어디루 들가노 / 구녕으로 들가지러

무신 구녕으로 들가노 / 말을 하면 싱거운 구녕이제

똥구녕 / 십구녕 / 입구녕 / 콧구녕 / 귓구녕 / 목구녕 / 앳(아래)구녕 / 윗구녕

눈물구녕 / 앞구녕 / 뒷구녕 / 안 가리고 / 뚫린 구녕이믄 다 좋다

일자나 한 자 들고나 보니 / 일본 나라 망헐 나라 / 망해서 없어지그라

이자나 한 자 들고나 보니 / 이등박문 직일 놈아 / 우리 조선 황후마마 살려내놔라

삼자나 한 자 들고 보니 / 삼월이라 초하루 / 탑골공원에 독립만세

대한민국 만만만세

사자나 한 자 들고 보니 / 사월이면 초파일에 / 불공 드리러 절로 간다

무신 불공 드릴라 카노 / 조선독립 불공을 드려야지러

그 다음에는 서방님 불공 / 타관 만리 밖 옥체만강 / 그그 다다음에 생남불공

오자나 한 자 들고 보니 / 오월이라 단옷날에 / 남원 광한루 성춘향이 이몽룡이를 지두린다

육자나 한 자 들고나 보니 / 육시리할 눔 왜놈순사 / 우리 유관순 끌고 간다

칠자나 한 자 들고 보니 / 칠월이라 칠석날에 / 견우직녀 오작교에 / 은하

수물 불켜낸다

　팔자나 한 자 들고 보니/팔월이라 한가웟날/휘영청 달빛이 강강수월래

　구자나 한 자 들고 보니/굿이나 한판 구경하고/떡이나 실컷 얻어먹제

　십자나 한 자 들고 보니/씨팔눔의 왜놈새끼들/조선 처자 다 잡아간다

　(……)

　지방에 따라서는 〈품바 타령〉이라고도 하는 〈각설이 타령〉이다. 구걸하는 거지보다는 한 등급 위로 자칭하는 이들 각설이패는 떼를 지어 마을에서 마을로 돌아다니면서 단순한 가락에 자신의 신세한탄이나 소망 또는 사회적인 비판이나 욕설 등을 담아서 가락에 맞춰 불렀다. 육두문자를 내뱉어 매우 상스러웠기 때문에, 평소 이런 노래를 듣거나 입에 담을 수 없었던 양반 계층에게 적잖은 통쾌함과 즐거움을 주었다고 한다.

　'이들 각설이들은 주로 봄에서 늦가을까지 돌아다니면서 타령을 불러주고 곡식이나 의복가지 또는 필요한 잠자리 등을 얻어냈다. 징이나 북, 장구, 꽹과리 등을 가지고 다니며 흥겹게 노래 불러서 아이들이 뒤따라다니면서 노랫말을 익혀 흉내내어 부르기도 했으나, 반촌(班村)에서는 어른들이 이렇게 흉내내어 노래하는 아이들을 꾸짖기도 했다.

쾌지나 칭칭 나네

달아 달아 밝은 달아
쾌지나 칭칭 나네
별아 별아 총총 별아
쾌지나 칭칭 나네

달아 달아 밝은 달아 쾌지나 칭칭 나네
이태백이 놀던 달아 쾌지나 칭칭 나네
저기 저기 저 달 속에 쾌지나 칭칭 나네
계수남구 박혔으니 쾌지나 칭칭 나네
옥도끼로 찍어다가 쾌지나 칭칭 나네
금도끼로 다듬어서 쾌지나 칭칭 나네
초가삼간 집을 지어
양친부모 뫼셔다가

청천 하늘에 별도 많다 쾌지나 칭칭 나네

이내 가슴엔 수심도 많다 쾌지나 칭칭 나네

강변에는 자갈도 많다 쾌지나 칭칭 나네

자갈밭에 돌도 많다 쾌지나 칭칭 나네

산에 들에는 꽃도 많다 쾌지나 칭칭 나네

마을마다 처자도 많다 쾌지나 칭칭 나네

우리 마을마다 총각도 많다 쾌지나 칭칭 나네

두 편으로 갈린 이들이 앞소리로 가사를 부르면, 뒷소리로 다른 편의 노래를 받아내어 "쾌지나 칭칭 나네"를 불렀다.

전라도에서는 임진·정유란에 왜군의 침략을 〈강강수월래〉라는 노래로 한양 조정에 알렸고, 경상도에서는 〈쾌지나 칭칭 나네〉로 알렸다고 한다. "쾌지나 칭칭 나네"는 '왜장 청정(倭將 淸正) 나왔네' 라는 말의 변용이다. 전라도의 〈강강수월래〉와 같은 음조로 불렀다. 부녀자들이나 아이들이 달밤에 모여서 원으로 서서 달리거나 앞뒤로 나왔다 물러섰다 하며 불러 명절의 흥을 돋우었다.

일설에는 처녀와 부인네들이 다리에 힘을 올려서 다산력을 얻게 하는 노래로서 8월 대보름 날 전후의 부녀자 밤중 놀이로 권장되었다고 한다.

차고 노래

순사는 긴 칼 차고/포수는 총을 차고

젖아기 기저귀 차고/안방마님은 쇳대(열쇠) 차고

할머니는 혀를 차고/시아비는 불알 차고

어린아이 주머니 차고/처녀아이 귀주머니 차고

장사꾼 돈주머니 차고/새악시는 바늘집 차고

엿장시 가위 차고/주태백이 술병 차고

학생은 책보자기 차고/선생은 가방 차고

홀아비 과부 차고/홀에미는 홀아비 차고

영감마님 계집종 차고/중놈은 주막년 차고

머슴놈은 괭이 차고/아이놈은 꼴망태 차고

물동이 차고 곳간 차고/허리춤에 곰방대 차고

허리끈에 염낭 차고/제비떼 물을 차고

사내아이 불알 차고/계집아이 보지 차고

새새댁네 노리개 차고/개불알꽃 개불알 차고

이리 차고 저리 차고

(……)

속요이긴 해도, 보다 큰 사내아이들이나 머슴들이 비 오는 날이나 겨울밤에 방 안에서 지어 불렀던 노래였다. 새끼를 꼬거나, 가마니를 짜거나, 짚신을 삼거나, 꼴망태나 봉세기, 멍석 등을 만들면서 심심풀이로 상스러운 내용을 입에 담기는 대로 부르며 즐겼다고 한다.

마찬가지로 입이 걸쭉한 누군가가 한 구절을 불러 시작하면, 다른 이들이 이어 곧 다른 구절로 받아 이어주는 식으로 불렀다고 한다.

발길로 차는 행위와 몸에 지니는 행위를 모두 찬다고 표현한 점에 착안한 어휘 유창성 놀이로서, 평소 억압·억제해온 상스러운 성욕을 발산·표현하여 해소하였다.

듯 노래

마파람에 게 눈 감추듯/거미가 줄똥 싸듯

두꺼비 파리 잡듯/새새댁 방귀 뀌듯

고수가 북을 치듯/중이 목탁 치듯

사당패 장구 치듯/양지 볕에 이 잡듯

고네기 쥐 잡듯/오뉴월에 개 패듯

망나니 곤장 치듯/왜놈 순사 따귀 치듯

동풍에 말꼬리 치듯/새벽닭이 홰를 치듯

하룻강아지 꼬리 치듯/암사내가 떡을 치듯

상머슴 도리깨 치듯/메늘아이 방맹이 치듯

마른 하늘 번들개(번개) 치듯/춘향이 볼기 치듯

소리개 뼈아리(병아리) 치듯/흥부 볼기에 매를 치듯

담뱃대로 재떨이 치듯/오뉴월에 개 패듯이

이리 치고 저리 치고

추운 겨울이나 비 오는 날 같은 때에, 실내에 갇혀 놀아야 했던 머슴이나 상민 총각들이 말장난, 즉 어휘 연습이나 언어 유창성 연습으로 지어 불렀던 놀이 노래이다.

두 편으로 갈라서 한 편이 앞 구절을 시작하면, 얼른 다른 편이 비슷한 구절, 즉 '듯'이라는 말이 포함된 구절을 만들어내어 말했다.

노랫말로 승패가 결정되면, 지는 편이 이긴 편을 업어주거나, 이긴 편이 진 편에게 머리에 알밤을 주거나, 겨울밤 묵 내기, 술 내기, 무·밤 서리 등의 장난을 했다. 화롯불에 콩 볶아먹기에서 이긴 편이 더 많은 몫을 차지하기도 했다 한다.

같은 값에

같은 값이면 하이카라

같은 값이면 다홍치마

같은 값이면 백구쑤(구두)

같은 값이면 금가락지 낀 손

같은 값이면 백도라지

같은 값이면 돈주머니

같은 값이면 호박단추

같은 값이면 처녀

같은 값이면 이밥, 쌀밥

(……)

일제 강점기 이후에 지어졌다고 보는 속요로, 겨울밤이나 비 오는 한가로운
날에 실내에서 아이들이나 상민들이 조금 상스럽게 웃어가며 즐겼던 노래였
다. 평소 내뱉고 싶었던 상스러운 말을 신속히 대입시켜, 앉은 차례대로 얼마
든지 이어갈 수 있었던 노래였다.

말고 노래

봉 대신에 닭 말고/쇠고기 대신에 말고기 말고

미녀 대신에 곰보 말고/처자 대신에 할매 말고

새댁 대신에 과부 말고/총각 대신에 홀아비 말고

아들 대신에 딸 말고/이밥(쌀밥) 대신에 조밥 말고

우산 대신에 삿갓 말고/갓 대신에 벙거지 말고

논 대신에 밭 말고/놋동이 대신에 지루(옹기)동이 말고

이도령 대신에 방자 말고/춘향이 대신에 향단이 말고

미남 대신에 곰보 말고

(……)

이 속요도 〈차고 노래〉〈듯 노래〉〈같은 값에〉 등과 함께 상민들이나 아이들
이 실내에서 즐겁게 이어가며 모두가 참여하여 불렀던 속요 중의 하나이다.

소리

소리 소리 무신 소리

비 오는 날 울음소리／공동묘지 귀신 소리

강가에는 물귀신 소리／가시밭에 도깨비 소리

새벽녘에 닭 우는 소리／한밤중에 개 짖는 소리

봄볕에 병아리 소리／낮은 산에 새소리

깊은 산에 짐승 소리／부엌에 강아지 소리

높은 소리 낮은 소리／굵은 소리 가는 소리

젖은 소리 마른 소리／싫은 소리 좋은 소리

어두운 소리 밝은 소리／탁한 소리 맑은 소리

두꺼운 소리 얇은 소리／잡소리 귀한 소리

사내 소리 기집 소리／마을 밖에 물소리

고개 목에 바람 소리

살창 밖에 귀신 씨나락 까먹는 소리 말고 잠이나 자그라

〈차고 노래〉〈듯 노래〉〈같은 값에〉 등과 마찬가지로, '소리'라는 어휘를 적절하게 사용하여 말과 글귀를 만들어내는 연습을 한 속요로, 아이들의 어휘 유창성, 연상력의 발달을 자극하는 데 효과적이라 할 수 있다.

우리나라에서는 도깨비를 귀신이라고 여기지는 않았다. 도깨비는 사람을 홀리되, 가시밭을 강물이라고 속여 옷을 걷어올리고 걸어가게 하여 가시에 찔리게 하고, 물가에서는 가시밭이라 하여 옷을 적시게 하는 장난을 치다가 닭이 울어 날이 새면 사라진다고 믿었던, 귀신과 인간 사이의 어떤 존재로서, 장난기가 심하여 사람들에게 짓궂은 장난을 치되 해악은 끼치지 않는다고 믿었다. 오히려 의협심과 동정심이 강하여 밤중에 아무도 모르게 부자의 부당한 금은붙이나 재물을 훔쳐다가 착하고 가난한 사람들에게 나눠주는 존재로, 「도깨비 방망이」「부자 방망이」 등의 이야기에서처럼, 좀 어수룩하나 권선징악적 장난을 즐긴다고 보았다. 금은 재물을 나눠주는 도깨비의 이런 특성에 착안하여 '금서방'으로 부르다가, 마침내는 '김서방'이라고 부르게 되었다고 전해진다.

떼기 노래

삼 년 묵은 학질 떼기/삼복지간 고뿔 떼기

오뉴월에 쇠불알 떼기/새색시 간 떼기

용궁 토끼 간 떼기/도둑 먹고 시침 떼기

처녀 가슴 젖통 떼기/새신랑 고추 떼기

영감님 상투 떼기/할망구 해소 떼기

논뙤기/밭뙤기/가마때기/멍석때기

귀싸대기/볼기때기

(……)

〈차고 노래〉〈듯 노래〉〈말고 노래〉 등과 함께 이 노래도 말장난이나 어휘 유창성 발달 등의 효과를 노린 듯하다. 역시 심심풀이로 하는 말 이어주기 놀이의 한 가지였다. 여러 남자아이들이 말을 이어서 부르거나, 한 아이가 선창을 하면 다른 여러 아이들이 후창을 하는 등 여러 형식으로 변용해가며 즐겼던 노래라고 한다.

잽이 노래

산잽이는 산을 타고 수잽이는 물을 타고
총잽이는 범을 잡고 칼잽이는 배를 따는데
우리집 서방 안경잽이는 지집(계집) 배도 못 탄다네

제비 제비 무신 제비
춘삼월에 강남제비
우리 서방 안경잽이
닭 잡는다 족제비

　　어휘 유창성, 언어 연상력 등을 마음껏 발휘한 듯한 남녀의 속요 또는 동요
이다. 잽이는 전문가를 뜻했던 어휘로 보인다.

　　'잽이'는 장이·꾼·보(대장장이, 노름꾼, 술꾼, 먹보, 울보) 등과 비슷한 우리
말로, 유사한 발음의 '제비'와 섞여 노랫말을 이루고 있다. 족제비라는 야밤
동물이 닭을 잡아먹기 때문에 "닭 잡는다 족제비"라고 발음이 비슷해서 넣은
구절도 있다.

기 노래

쇠 잃고 외양간 고치기 / 갓 쓰고 헤엄치기

비 맞고 목간하기 / 물 마시고 이 쑤시기

배 먹고 이 닦기 / 방귀 뀌고 시침 떼기

한 입으로 두말하기 / 옆구리 찔러 절 받기

훈장 앞에서 문자 쓰기 / 땅 짚고 헤엄치기

비단옷 입고 밤길 가기 / 달밤에 체조하기

누워서 식은 죽 먹기 / 자다가 떡 얻어먹기

콩죽 먹고 설사하기 / 풋살구 먹고 배 안 아프기

잘 밤에 연지 찍기 / 서방님 떠나고 분 바르기

청상과부 비단옷 입기 / 처녀과수 속곳 벗기

이리 치기 저리 치기 / 메어치기 둘러치기

앞치기 뒤치기 옆치기 / 고꾸로 치기 바로 치기

메다치기 / 패대기치기 / 무 먹고 트림하기

나물 먹고 이 쑤시기 / 손 안 대고 코 풀기

〈차고 노래〉〈듯 노래〉 등과 마찬가지로 어휘를 이리저리 재빨리 결합시켜 가며 불렀던 속요였다. 좀 자란 아이들이나 상민들이 점점 육두문자로 진전되도록 노랫말을 지어, 평소 억제해왔던 상스러움을 발산했다고 한다.

구구 풀이

구구 팔십일광로는 정송자를 찾아가고

팔구 칠십이태백은 채석강에 완월하고

칠구 육십삼천선자 학을 타고 놀아 있고

육구 오십사오선은 상산에 바둑 두고

오구 사십오자서는 동문상에 눈을 걸고

사구 삼십육수무는 전국적의 사절이요

삼구 이십칠육구는 보국충성 갸륵하고

이구 십팔진도는 제갈량의 진법이요

일구 구궁수는 하도낙서 그 아닌가

사만 오백 양아치나 되나 보오

구구단을 외우기 위해 만들어졌다는 이 노래는, 무척 유식한 문자를 사용한 내용 구성으로 보아 좀 자란 학동들이나 청년들이 즐겨 불렀다고 볼 수 있다. 특히 중국의 고사를 좀 배운 서당 학동들에게서 전해졌다고 한다.

상투 탈막이 노래

동리도화 하처심인고 하니

도래일촌 이분심이라

洞裏桃花 何處尋

倒來一寸 二分深

옛날에는 장가들이기 전에 신방 치르기 성교육을 시켰다. 이는 친부보다는 아무래도 한두 걸음 비켜선 삼촌, 오촌 등이나 나이 든 조모가 담당하는 편이 편했을 것이다. 그래서 혼인을 앞둔 총각 아들을 이들 집으로 심부름 보내면, 약속대로 삼촌이나 오촌이 자신의 경험을 살려서 첫날밤 신부 저고리 고름을 풀 줄 아느냐로 시작하여, 이 글귀를 암송시켰다. 또는 조모가 장가들 손자에게 이 글귀를 암송시켜 암송시험에 낙방하면 회초리로 때리기도 했다 한다.

뜻은 '복숭아꽃이 만발한 마을 한가운데가 어드메인고 하니, 일촌 이분의 깊이로 들어가면 바로 거기니라'로, 첫 성행위로써 아이를 가지게 하는 신방 노래 또는 상투를 트는 값을 하는 노래라고 알려져 있다.

이런 성교육 노래를 부르며 남자아이들은 자랐다고 한다.

첫날밤 신랑 신부 노래

청포대하 자신노요

홍상고중 백합소요

青袍帶下 紫腎怒

紅裳袴中 白蛤笑

먼저 뜻을 풀이하면, "신랑의 푸른 도포 밑에 붉은 신이 잔뜩 성을 내오"라고 신랑이 시를 읊으면, 신부는 "붉은 치마 아래 속곳바지 속에서 흰 조갑지가 방긋 웃고 있소"라고 답하는 대화 글귀라고 한다.

이 노래는 전해지는 이야기에서 비롯된다. 어느 가난한 양반 총각이 가난에 못 이겨 상민 부잣집으로 장가를 들었다. 가난하다 하여 신부가 가볍게 여길 것을 염려한 신랑은 글로써 신부의 기를 죽여 다홍치마 적에 잡아두려 했다. 그래서 신방에서 시를 지을 테니 대구(對句)를 대라고 신부에게 요구하고는 "청포대하 자신노요"라고 하자, 신부가 얼른 "홍상고중 백합소요"라고 대구하지 않는가. 못 할 줄 알았던 상민 부잣집 처녀의 글공부 수준이 가난한 양반 총각보다 나았지 않았을까?

이런 유래에서 반촌의 처녀총각들은 누구나 이런 글장난을 하며 자랐다고 한다.

세상 인심

공단 조끼에 돈 들었네
비단 조끼에 돈 들었네

내 주머니에 돈 들었을 땐
금상 옥상 하더니만
내 주머니에 돈 떨어지니
바나나 껍질 타노라

정승 집에 개가 죽으면
문전성시 문상객이요
정승 판서 죽으며는
가랑개미 그림(그림자)도 없네

돈을 중심으로 하여 하루아침에 낯을 바꾸는 세상 인심을 한탄하고, 불우해진 자신의 처지를 탄식하는 내용의 노랫말로 보아, 신식 한량들의 노래가 아니었을까? 건달, 반건달, 백수건달, 칠건달 팔난봉들이 부모가 물려준 세전지물을 물 퍼다 쓰듯이 주색잡기에 탕진하고, 처자식 부양하고 봉제사 접빈객(奉祭祀 接賓客)하는 조상 전래의 사람 사는 도리도 저버리고 도회지로 나가 돌아다니며, 기생방 요릿집에서 내어쫓기는 신세가 되는 것을 탄식한 내용이 아닌가.

이래서 올 데 갈 데 없는 백수건달이 되면 하는 수 없이 집으로 본처에게로 돌아오던 가장이자 아버지였던, 몰지각하게 바람 든 신식 남성들이 많았다. 그래서 노름빚에 조상 대대로 물려받은 세전지물 문전옥답을 넘기고, 비천한 상민들은 딸을 팔고 아내를 팔아넘기기도 했다고 한다.

비단 당사자들의 탄식만이 아니라, 이들의 처지처럼 될까 염려하여 경계로 삼기 위해 많은 사람들이 불렀고, 이들을 비아냥거리는 이들도 불렀다고 한다.

집터 잡기

배산임수하고
좌청룡 우백호에
북현무 남주작 한 터에
집을 짓세 집을 짓세
초가삼간 집을 짓세
양친부모 뫼셔다가
어진 아내 얻어다가
아들 낳고 딸 낳고
천천만세 살아보게
뒷산에서 재목 얻고
앞냇물로 농사짓고
시절 따라 조반석죽
꿀맛이라 달디달아
앞냇물에 빨래하고
뒷산 나무 땔감하여
만고강산 태평연월
만고호강 누려보세

우리나라의 마을 형성은 배산임수를 첫 조건으로 했다. 뒷산에서 재목과 생활의 땔감을 조달하고 앞냇물에서 농경수와 생활용수를 얻어 썼다. 뿐만 아니라, 뒷산 아래 나지막한 집을 지어 뒷산에 기대어앉아 보호받는 안정감을 누렸으니, 뒷산을 어머니의 품으로 삼아 자모의 품안에 안긴 아기같이 편안하게 살고자 함이었다. 그래서 배산임수의 지형에서 촌락이 형성·발달되어왔다.

또한 이러한 지형은 좌우로 어머니의 두 팔과 같은 두 산맥의 보호를 받고자 했으니, 일러 좌청룡 우백호의 지세를 선호한 것이다. 산 자나 죽은 자의 안택 모두가 이런 지형일 때를 명당이라고 보았다. 그래서 북쪽에는 현무의 지킴이 있고, 앞 들에는 농사의 풍년으로 살찐 붉은 참새떼가 날아다니는 풍경이 가장 좋은 집터라고 보았으니, 집터 잡기에 대한 최소한의 상식을 가르치고 배우는 이런 노래가 생겨났으리라.

윷놀이

오록조록 포도런가
오실보실 앵도런가
곰부장이 승도런가
망부장이 장도런가
산천초목 분명하니
첫도 적실하고
인의예지 분명하니
지도자 적실하고
이 개 저 개 다 버리고
신무부개 차개경가
캐캐씨고 캐캐씨고
불언언지 효녀로다
이캐머리 걸이 졌네
컬컬하고 웃는 양은
제왕문에 스승하니
요순우탕 호걸이요
도덕문에 스승하니
공맹인중 호걸이요
화룡도 좋은 길에
애석조조 하였으니

이겸으로 윷 이겼네

육관대사 성진이는

팔선녀를 희롱하고

백배사장 너른 들에

백력이 비상천은

두 나래를 훨씬 펴고

날아드는 격이로다

이개질로 모가 졌네

모양수가 진을 치면

영군이 대패로다

가이 볼 것 못 쓸 데라

신가라의 첫날밤에

자지이불 당치마

정월달 세시놀이로서 윷놀이할 때 소리 잘하는 늙수그레한 여인네나 남정
네가 목청을 돋우어 불러서, 내기 윷놀이의 흥겨움을 돋우었다는 윷놀이 노래
로 전해지고 있다. 매우 유식하고 정중하게 나가다가, 끝부분쯤에 상소리 육
담을 한두 마디씩 넣어서 불러, 모두들 한바탕 웃게 했다고 전해진다.

귀숙일가

춘갑을(春甲乙)이요 하병정(夏丙丁)이며
추경신(秋庚辛)하고 동임계(冬壬癸)이라

또는 춘갑인(春甲寅)이러나 춘을묘(春乙卯)이며
하병오(夏丙午)이거나 하정사(夏丁巳)이고
추경갑(秋庚甲)이거나 추신유(秋辛酉)이며
동임자(冬壬子)이거나 동계축(冬癸丑)이로다 히히잉

암송하기 좋게 노래식으로 된 〈귀숙일가(貴宿日歌)〉는, 풀이하면 예컨대 봄철에는 갑일이나 을일이, 여름에는 병일이나 정일이 씨 내리기 좋은, 부부의 합방일(合房日)이라는 의미이다. 마지막의 히히잉은 좀 계면쩍음과 즐거운 기대감을 표현한 것으로 해석된다.

정월 : 1, 6, 9, 10, 11, 12, 21, 24, 29

이월 : 4, 7, 8, 9, 10, 12, 14, 19, 22, 27

삼월 : 1, 6, 7, 8, 10, 17, 22, 25

사월 : 2, 4, 5, 6, 8, 10, 15, 18, 22, 28

오월 : 1, 2, 3, 4, 5, 6, 12, 13, 14, 15, 20, 25, 28, 29, 30

유월 : 1, 3, 10, 13, 18, 23, 26, 27, 28, 29

칠월 : 1, 11, 16, 21, 24, 25, 26, 27, 29

팔월 : 5, 8, 13, 18, 21, 22, 23, 24, 25, 26

구월 : 3, 6, 11, 14, 19, 20, 21, 22, 29

시월 : 1, 4, 7, 14, 17, 18, 19, 20, 22, 29

동짓달 : 1, 6, 11, 14, 15, 17, 26, 29

섣달 : 4, 9, 12, 13, 14, 15, 16, 24

〈귀숙일가〉는 기혼 남성들과 여성들이 상식으로 암기·암송하고 다니는 내용이라고 한다. 위의 아라비아 숫자로 된 월별 귀숙일은 암송에 어려움이 있었지만, 사계절별로 된 노래는 운문으로 되어 있어 암송하기 쉬웠다. 세 종 모두 생기복덕일(生氣福德日)로 알려져 있는 날짜들이라고 했다.

전통사회에서는 부부라도 늘 한 방을 사용할 수 있는 것이 아니었다. 탐색은 손명이라(貪色損命, 색을 탐하면 수명이 짧아진다) 하여, 엄친이 혼인한 여러 아들들을 데리고 자다가 귀숙일에만 각기 처들의 방으로 들여 합방하게 했는데, 이날은 임신, 특히 아들 임신이 잘 되는 길일(吉日)이라고 했다. 어떤 근거로 정해진 날인지는 전해지지 않으나, 양반가의 부부는 반드시 알고 속으로 암송할 수 있었다고 한다. 그래서 대체로 반촌의 양갓집 총각 처녀들 또는 남녀 어른들이 암송하고 다녔다는 〈귀숙일가〉는 아들이 잘 임신되는 날로 정해진, 속칭 씨 내리기 좋은 날을 암송하여 합방하는 데 실수하지 않도록 하기 위한 부부의 '합방가(合房歌)'이기도 했다. 그러므로 남편과 부인들이 쪽지에 써서 몸에 지니고 다니면서 그날을 기다리고 준비를 했다고 한다.

풍자 타령

부채를 펼쳐들고 쳐다보니 하날 천(天)

날라보니 따 지(地) / 훼훼 친친 가물 현(玄) / 황단하다 누루 황(黃)

만고강신 초목풍(風)

채석강선 낙원풍(風)

일지홍도 낙마풍(風)

제갈공명 동남풍(風)

어린아이 만경풍(風)

늙은 영감 편두풍(風)

광풍 대풍 허다한 풍(風)자를 다 어찌 알리

옛날 양반집 아동을 위한 초등독본으로는 『천자문』『동몽선습』『소학』 등이 있었다. 이 노래는 천자풀이 노래와 함께 글방의 학동들이 글공부가 어느 수준에 이르러서 장난삼아 지어 불렀던 노래로 추정된다.

바람 풍(風)자의 발음이 방귀 뀔 때의 '뿡'과 같은 소리로 재미있어서, 이 발음이 들어가도록 노래 가사를 지어서 운율에 맞춰 불렀다.

이와 비슷한 노래가 춘향전에서도 발견된다는 점에서, 이 노래는 『춘향전』의 것이 민간에 전파되면서 다소 변색·변모되어 나타난 것이 아닐까?

천자 풀이

높고 높은 하날 천 집고 지픈 따 지 훼훼 친친 가물 현 불타졌다 누루 황

천개자시 생천하니 태극이 광대 하날 천(天)

지벽어축시하니 오행팔괘로 따아 지(地)

삼십삼천 공부공이 인심지시 검을 현(玄)

이십팔시 금목수화토지정색 누루 황(黃)

우주일월 중화하니 옥우쟁영 집 우(宇)

연대국토 흥성쇠 왕고뉘금 집 주(宙)

우치홍수 기자초의 홍범구주 너를 홍(洪)

삼황오제 붕하신 후 난신적자 거칠 황(荒)

동방이 장차 개명키로 고고천변 인륜홍 번듯 솟아 날 일(日)

억조창생 격양가의 강구연월 달 월(月)

한심미월 사시부의 삼오일야 찰 영(盈)

세상만사 생각하니 달빛과 가탄지라 십오일야 밝은 달이 기망부터 기울 측(昃)

이십팔숙 하도낙서 버린 법 일월성진 별 진(辰)

가련금야 숙창가라 원앙금침 잘 숙(宿)

절세가인 좋은 풍류 나열춘추 벌일 열(列)

의의월색 야삼경으로 만단정화 베풀 장(張)

금일한풍 소소대하니 침술에 들어가 찰 한(寒)

벼개가 높거든 내 팔을 베어라 이마만큼 오너라 올 래(來)

에후리쳐 질끈 안고 임각에 든 설한풍으로도 더울 서(暑)

침실이 덥거든 음풍을 취하야 이리저리 갈 왕(往)

불한불열 어느 때냐 엽낙오동 가을 추(秋)

백발이 장차 우거진다 소년풍도 거들 수(收)

낙목한풍 찬바람 배군강산 겨우 동(冬)

오매불망 우리 랑랑 구중심처 가무릴 장(藏)

부용작야 세우중의 왕안옥태 부를 윤(潤)

려려한 고운 태도 평생을 보고도 남을 여(餘)

백년기약 짚은 맹세 만경창파 일울 성(成)

이리저리 노닐 적의 부지세월 햇 세(歲)

조강지처 불한당 아내 박대 못 하나니 대동통편 법중 율(律)

군자호술 이 아닌야 춘향 입 내 입을 한테다 대고 쪽쪽 빠니 법중 여(呂)
자 이 아닌가

춘향과 나와 단둘이 앉어 법중 여자로 놀아나보자아

앞의 〈풍자 타령〉보다 한결 높은 수준의 학동 노래이다. 그래서 마지막으로
갈수록 사춘기적 이성에 대한 관심이나 육담이 나타나고 있다.

담배

담방구야 담방구야 동래나 울산에 담방구야

너의 국은 어떻관데 우리 국에 왜 나왔나

은 주려 나왔느냐 금을 주려 나왔느냐

담방구 씨를 가지고 나와

여기저기 저 남산 밑에 훌훌 살살 뿌려놓고

낮이어든 찬 냉수 주고 밤이어든 찬 이슬 맞아

겉에 겉잎 다 제치고 속에 속잎 척척 접어

네 귀 번듯 은장도로 어슷비슷 곱게 썰어

소상반죽 열두 마리 모양 나게 맞춰놓고

청동화로 백탄 숯을 이글이글 피워놓고

배 한 대 먹고 나니 목구멍에서 실안개 돌고

또 한 대를 먹고 나니 청룡황룡이 뒤틀어지고

또 한 대를 먹고 나니 용문산 미티에 안개 돈다

춘아 춘아 옥단춘아 냉수 한 그릇 떠다 묵자

언제 보든 임이라고 냉수 한 그릇 달라느냐

지금 보면 초면이요 이따 보면 구면인데

저기 가는 저 마누라 딸이나 있거든 사위 삼소

딸이 있긴 있다마는 나이 어려서 못 삼겠네

여보 마누라 그 말 마소 호초가 작아도 맵기만 하다오

참새가 작아도 알만 깐다오

제비가 작아도 강남을 간다오

춘아 춘아 옥단춘아 너그 아배 어델 갔노

일본땅 대판으로 보국대로 끌려갔지

춘아 춘아 옥단춘아 너그 오라배 어델 갔노

남양군도 그 어데로 총알받이로 끌려갔지

춘아 춘아 옥단춘아 너그 오랍지 어델 갔노

북만주 그 어데로 독립운동 하러 갔지

춘아 춘아 옥단춘아 너그 어메 어델 갔노

소금 팔러 장에 갔지

소금 팔아 보리 사서 죽 쒀먹으러 가았지

춘아 춘아 옥단춘아 너그 어메 어델 갔노

재 너머 외갓집으로 양식 구하러 갔지

(……)

개화기 속요 중의 하나이다.

'담방구'는 일본을 통해 들어온 담배(타바코)를 우리 식으로 부른 것으로 보인다. 담배는 일설에는 야소교(예수교)와 함께 북경에서 들어왔다고도 하는

데, 임진왜란 때 들어와서 양반가 관리들의 기호품으로 권위의 상징이 되었다. 그래서 담배는 윗사람 앞에서 피우는 것을 삼가게 되었다고 한다.

일설에 의하면 옛날 중국에 콧병이 유행하였을 때 담뱃잎을 구해 코를 막아 치료했다고 하여 담배를 피울 때 담배연기는 코로 내뿜게 되었다고도 한다.

전해지는 또 한 가지 이야기로는, 어느 고을에 어여쁜 기생이 있어 잘생긴 젊은 선비를 사모했는데, 선비는 기생을 조금도 마음에 두지 않고 글만 읽었다. 기생은 상사병으로 죽으면서 선비와 입이라도 한 번 맞춰보기를 소원하여, 그녀가 죽은 무덤에서 돋아난 풀이 엽연초, 즉 담배풀이라고 한다. 어느 날 우연히 그곳을 지나가던 그 선비가 자기를 사모하다 죽은 그녀를 측은하게 여겨, 무덤가에 핀 담배풀을 뜯어 입에 물고 다니다가, 마침내는 입으로 피워서 그 기생의 소원을 이뤄줬다고도 한다.

위의 속요에서는 "동래나 울산에 담방구야"라고 하니, 아마도 일본을 통해 수입된 담배인 듯 짐작된다.

담배는 점차 즐기는 사람들에 의해 담뱃대의 대꼬바리에 담겨 애용되었다. 속이 빈 가느다란 대나무 끝에 놋이나 백동으로 된 대꼬바리를 달고, 입에 무는 반대편 끝에도 같은 놋이나 백동의 빨뿌리를 달아서 길게 물고 다니면서 피우게도 되었다. 담뱃대가 짧으면 곰방대라 하여 낮은 신분을, 길면 높은 신분을 상징하기도 했다. 또한 대꼬바리나 빨뿌리에 음각·양각의 문양을 조각하여 멋을 부리기도 했다.

꽃 노래

해끗해끗 고지(가지)꽃은 지붕마다 제돌았네(빙 둘러 있네)

오래 볼씬 복상(복숭아)꽃은 가지마다 은빛이네

해끗해끗 찔루(찔레)꽃은 개울마다 흔히 폈네

오래 볼씬 맨드라미 각시방에 제돌았네

맨드라미 국화꽃은 동해 돋듯이 밝아오네

춘아 춘아 옥단춘아 너 어데서 왔다느냐

우리 아배 서울 양반 우리 어메 진주띄기(댁)

그래 저래 왔단 말따

춘아 춘아 옥단춘아 너 뭐 하러 왔다느냐

우리 아배 찾으러 왔제 우리 어메 찾아왔제

(……)

〈꽃 노래〉는 여아들이나 부녀자들이 즐겨 지어 불렀다는데, 각종 꽃의 이름과 모습을 묘사하고 있다.

이어서 "옥단춘아"는 아마도 다른 노래에서 이어진 한 토막인 듯한데, 개화기의 개화잡가로서 그 시절의 사회상이 표현되어 있다.

전통사회에서는 꽃도 등급화하여 선호하였다. 예컨대, 매화·난초·국화·대나무 사군자와, 여기에 불화인 연꽃을 더하여 운치나 절개를 상징하는 1등급으로 보았고, 작약·모란·파초 등은 부귀를 상징하는 2등급으로, 만년송·동백 등은 3등급, 귤이나 포도는 4등급, 석류·복숭화·해당화·수양버들은 5등급, 오동나무·감나무는 6등급, 목련·배·앵두는 7등급, 봉선화·무궁화는 8등급, 금잔화·해바라기는 9등급으로 보았는데, 그 근거는 알려지지 않고 있다.

이들 중 봉선화는 개화기에 나라 잃은 슬픔을 우회적으로 표현한 노래로 애창되어 총독부로부터 금지곡이 되기도 했다는데, 아이들, 특히 여아의 이름에 봉선이·봉순이·봉화·봉연이·봉이 등으로 쓰이기도 했다.

전해지는 이야기로는 어느 부인이 꿈에 신선으로부터 봉황새를 선물받는 태몽을 꾸고 딸을 낳자 이름을 봉선이라고 하였다. 아이가 자라서는 자색이 아름답고 심성이 고운데다 거문고까지 잘 타서 왕궁으로 불려가 임금의 총애를 받았다. 그러나 대궐의 갇힌 생활을 못 견디고 병이 들어 집으로 돌아왔는데, 어느 날 임금이 지나다가 귀에 익은 거문고 타는 소리를 듣고 들어가보니 봉선이가 손가락에 붉은 핏방울을 흘리면서 거문고를 타지 않는가. 임금은 가엾이 여겨 손가락마다 약을 발라가며 싸매어주었으나 죽고 말았다. 그녀가 죽어 묻힌 무덤에서 꽃이 피어나자 사람들이 봉선이의 넋이라고 하여 봉선화라고 불렀는데, 이런 전설로 여자들이 손가락을 곱게 치장하여 매력적으로 보이기 위해 봉선화물을 들였다고 한다.

비 오자 장독간에 봉숭아 반만 벌어
해마다 피는 꽃을 나만 두고 볼 것인가
세세한 사연을 적어 누님께로 보내자

누님이 편지 보며 하마 울까 웃으실까
눈앞에 삼삼이는 고향집을 그리시고
손톱에 꽃물 들이던 그날 생각하시리

양지에 마주 앉아 실로 찬찬 매어주던
하얀 손가락 가락의 연붉은 그 손톱을
지금은 꿈속에 본 듯 힘줄만이 서누나

김상옥 선생의 시조 「봉숭아」는 봉선화와 같은 꽃이다. 흰 봉숭아꽃은 한약 재료로도 활용된다고 하는데, 요즘은 첫눈이 올 때까지 손톱의 봉선화물이 남아 있으면 첫사랑이 이루어진다고도 한다.

액풀이

삼월 이월 드난 액(厄)은

삼월 삼일 막아내고

사월 오월 드난 액은

유월 유두로 막아내고

칠월 팔월 드난 액은

구월 구일 막아내고

시월 동지 드난 액은

납월(臘月) 납일(臘日)로 막아내고

독월 독일(毒月 毒日) 드난 액은

초라니 장구로 막아내고 패당동다

통영철 도리핀의 쌀이나 도여노코

명쌀과 명절이며 귀 가진 저고리를

애끼지 마옵시고 어서어서 나요 노요

액막이·액땜·액풀이 등의 말이 전해지고 있다. 모두가 불행을 예방하거나 막아내고 액운을 풀어내어 피해보려는 의도에서 생겨난 말일 것이다.

의학이 발달하지 못했던 옛날에는 예방의학적 발상이 매우 발달했다. 아기를 낳으면 삼칠일(21일) 동안 금줄을 쳐서 태어난 아기의 출생과 성별을 알려 자랑하고 유약한 아기와 산모에게 전염병이나 병균이 접근하는 것을 예방하기 위해 외인의 출입을 금지하거나 자제시켰다.

이 노래는 해마다 액운이 든다고 하여 점을 쳐서 점괘로 그해에 끼어든 액을 알아내어 이를 달래거나 풀어내기도 하는 전통사회의 생활상을 잘 담고 있다. 특히 일 년 12개월, 달마다 든다는 액을 노래로 풀이하고 있다. 아이들의 동요라기보다는 남녀 성인들의 속요였다.

나쁜 일을 당하면 요즘도 '액땜했다' '액땜한 셈 치고'라고 한다. 정월은 농사일이 없는 달이라서 어른·아이의 놀이가 많았다. 아이의 그해 운세를 점쳐 보고, 액이 끼었다고 하면 '액연 날리기'라고 하여, 연을 만들어 송액(送厄)이라고 쓰거나 그 아이의 지병이나 나쁜 운세를 구체적으로 써서 연줄을 달아 날리다가 슬쩍 연줄을 잘라서 멀리 날아가게 하면 액도 날아간다고 믿었다. 일종의 심리치료라고 할 수도 있다. 이런 풍속도 액풀이 노래의 이해에 도움이 될 듯하다.

입춘가

입춘대길하고 건양다경이라

입춘대길하니 시화연풍일세

입신양명하고 진충보국이라

부모강령하고 부부해로라

무병장수하고 효자효부라

수명장수하고 부귀다남이라

이문회우(以文會友)하고 고객만당(高客滿堂)이라

주유진진하고 용수불갈이라

화기만당하고 자손다남이라

외성현(畏聖賢)하고 문장자(聞長者)라

언행조신하고 부녀부덕이라

형우제공하고 동기화목이라

장자모범하고 만지자손이라

소년이로하고 학문난성이라

나비쌍쌍하고 화초방실이라

(……)

해마다 입춘절에는 대문에 춘첩자(春帖字)를 써붙이면서 그해 가족들의 마음가짐을 새롭게 하고 만사형통을 기원하는 풍속이 있었다. 지난해 대문에 써붙였던 묵은 춘첩자를 떼어내고 새로운 춘첩자를 한자 붓글씨로 써붙였는데, 조부나 부친의 지시 감독을 받아 학동기의 어린 손주나 아들이 맡아 써붙였다. 그러므로 지난해보다 글씨가 얼마나 늘었는지 비교도 되고, 문자를 선택하는 일도 어린 손주나 아들이 담당하여, 그의 글공부나 학식과 인격이 얼마나 향상되었는지를 어른들이 가늠할 수 있었다.

어릴 적 추사 선생이 대문에 써붙인 춘첩자를 보고, 지나가던 반대파의 학자들이 추사 선생댁과는 당색이 다름에도 불구하고 추사 선생의 집으로 들어가서 누가 쓴 글씨인지를 묻고 글씨의 비범함을 칭찬했다고 전해진다. 이런 춘첩자 쓰기는 가통(家統)이 좋은 집일수록 매우 엄격히 실천된 연례 행사였다.

이 노래는 이런 풍속에서 지어 불렀을 것으로 추정되며, 반가(班家)의 학동들이나 부녀자들이 즐겨 부르면서 아이들을 가르쳤을 것으로 짐작된다.

일 년 열두 달

정이월 노달기(농한기)라

윷 던지고 장기 바둑 끝에

서리하여 밤참 먹고

삼사월 농사철에는

두다리 신다리(허벅다리)를 가지껏 걷어올려

힘 다해 농사짓고

오뉴월엔 쇠불알 떨어지면

괴기국 소괴기국 먹고

어정 칠월 어정거리고

둥둥 팔월 둥둥거리다가

어느 결에 설렁 구월인고 설렁거리고 다녀보세

시월이라 상달에는 대보름달 구경하고

오동지 동짓달에는 오동동 동동 걸음

섣달이라 서러운 달

어느 결에 한 살 나이

귀밑 서리로 내려앉는고

일 년 열두 달의 특징을 잡아서 노랫말을 이어갔다. 아이들보다는 어른(상민 남자)들이 덧없이 빨리 가는 세월을 탓하고, 어정거리다가 청춘 시절을 허송세월한 것을 후회하거나 스스로 나무라기도 하는 노래이다.

그네타기

오월 단오에 취떡 큰애기 작은애기

명주항라 분홍고사 오색의 옷을 입은 애기

그네의 띄리 메야하(띠를 매어) 이팔 처녀 찌리찌리

둘씩 둘씩 짝을 지어 배 나가오 배 나가오

서천서국 배 나가오

사제 사오 사제 사오 오랍 빼둘리 사제 사오

사공아 향단아 배 밀어라 모시나 한 필 줄라니까

뱃사공아 내 배 밀어봐라

모시나라 초록 하늘 물결 속에

연적 같은 내 배 간다

모시야 저 적삼 속에

연적 같은 저 젖 보소

많이 보면 병 납니다

담배씨만큼만 보고 가소

그네뛰기는 초여름 단오절 전후의 민속놀이였다. 주로 부녀자들이나 남녀 아이들이 즐겨 했는데, 널뛰기와 답교처럼 부녀자들의 다리와 하체 힘을 올려주어 다산력을 강화시켜준다고 믿었다.

이 노랫말은 그네뛰기를 배를 저어가는 뱃놀이로 비유하여 하늘이라는 바다나 강물 속에서 배를 저어가는 모습으로 그리고 있다. 모든 그네타기 노래에는 춘향이나 향단이가 등장하는데, 이 노래도 마찬가지이다.

단오절은 음력으로 5월 5일이라서 여인들이 속살이 비치는 항라나 모시옷을 입는 여름철에 속한다. 그래서 속살이 내비치는 요염한 여인네의 모습을 탐하는 내용이 담겨 있다. 고려가요 〈동동〉에서도 약술을 마시면 장수한다고 노래된 명절이다. 단오절에는 창포풀을 담갔던 물로 머리를 감는 여인들은 머리결이 좋아지고 창포향내가 풍긴다고 하며, 남성들은 냇가에 나가서 상투를 풀고 머리를 감거나 발을 냇물에 담그고 씻어 명절 놀이를 즐겼다. 밀전병과 술을 마시는 풍속이 전해지고 있다.

단옷날

오월 단오에 취떡
큰애기 작은애기 명주 항라 분홍고사
오색의 옷 입은 애기 그네의 뛰리 매에하
이팔 처녀 찌리찌리 짝을 지어
배 나가오 배 나가오 서천 서국 배 나가오
싸게 가오 싸게 가오
오람 배뚤리 싸게 가오

음력 24절기의 하나인 오월 단옷날은 민속절기로서, 단오전병을 부쳐 먹고 그네를 타는 풍속이 있었다. 특히 여성의 경우 출산력·다산력을 강화하기 위해서 다리 힘을 올리고 하체를 튼튼하게 강화시켜주는 그네타기를 즐겼다. 저 유명한 이도령과 춘향의 첫 만남에서 춘향의 그네타기가 바로 이런 단오절기 전후의 민속놀이였다.

이 속요는 이팔 청춘, 즉 열여섯 살의 한창 처녀들이 끼리끼리 둘씩 그네 타는 모양을 사실적으로 묘사한 노래이다. 여름철에 옷을 지어 입는 옷감인 항라, 고사, 숙고사, 모시 등이 명주와 함께 등장하고, 그네 타는 모습을 마치 강이나 바다에 배를 저어나가는 것처럼 그리고 있다.

바우 노래

왕십리 두꺼비바우 인왕산 치마바우

북한산 갓바우 남산의 꾀꼬리바우

영등포의 용바우 자문 밖의 배꼽바우

촛대바우 범바우 할미바우 벼락바우

영감바우 과수바우 거풍재의 거풍바우

복바우 눈물바우 며느리바우 개구리바우 숫돌바우

서울이나 경기 일원에서 아이들이 불렀던 바위 노래였다.

중종반정으로 연산군이 위리안치되면서 임금이 된 중종은 대궐로 들어올 때 연산군의 처질녀였던 부인 신씨를 데려오지 못했다. 그녀가 연산군의 처갓집 처질녀라는 이유로 중종반정을 주도한 박원종 일파가 극구 반대했기 때문이다. 이들 반정 일당은 자기들의 딸을 중종에게 들여놓고 권력을 행사했고, 이들의 힘에 밀린 중종은 이들의 딸들을 모두 후궁으로 삼지 않을 수가 없었다.

이리하여 첫 부인 신씨는 대궐 안의 중종에 대한 그리움을 표시하는 안타까움으로 날마다 치마를 인왕산 바위에 널어두어서 남편이 자신의 치마를 바라볼 수 있게 했다고 전해진다. 그래서 신씨가 인왕산에 치마를 널어두었던 바위를 치마바위라고 부르게 되었다는 것이고, 나머지는 산마다 장소마다 바위 모양새에 따라 지어진 이름으로 보인다.

귀신가

산에는 산신/냇물에는 용신

고갯마루엔 서낭신/골목길엔 객귀 걸신

대문간엔 문신/대청마루엔 성주신

안방에는 삼신/부엌 아궁이엔 조왕신

뒷간 통시에는 칙간신

애 잡아먹는 애귀신/총각 죽은 몽달귀신

처자 죽은 손각시/물에 빠져 죽은 물귀신

불에 타죽은 불귀신/할매 잡는 할배귀신

할아비 잡는 할매귀신/과부 잡는 홀애비귀신

홀애비 잡는 홀에미귀신/정월 보름에 제웅귀신

피 묻은 빗자루 도깨비귀신/들밥 먹을 때 고수레귀신

바다에는 어부귀신/고뿔할 때 고뿔귀신

마마에는 처용귀신/우물가에 물바가지귀신

서낭목에 서낭신/등너메엔 노고당신

토란 잎에 청개구리귀신/호박잎에 호박귀신

(……)

귀신 노래

앞뒷산에 산신령님

앞냇물에 용신님

마을 밖에 서낭신님

골목길에 객귀 걸신

우물에는 우물신

대문간에 문신님

대청마루 성주신님

안방 아랫목 삼신할미

부엌 아궁이 조왕신님

뒷간에는 칙간신

에헴 에헴 인기척하자

옛날 사람들은 귀신들과 함께 살았던 듯싶다. 집 안팎에 이런 신들이 많아 자신들의 거처에서 사람을 돕고, 사람들은 자기들의 필요에 따라 이런 신들의 도움과 협조를 청하기도 했다.

가장 높고 강력한 힘을 가진 신은 하늘나라에 계시다는 천신인 옥황상제이고, 죽으면 지하의 신인 염라대왕 앞으로 가야 한다고 믿었다.

산에는 산신 또는 산신령이 있다고 믿어 산제를 올렸고, 명산을 바라보고 소원을 비는 공들이기도 있었다. 단군이 죽어 산으로 들어가 호랑이, 즉 산신령이 되었다 하여 무속에 단군은 호랑이와 함께 그려져 있다. 산기도로 공을 드리고 꿈에나 생시에 호랑이를 보면 귀한 아들을 얻을 태몽이나 징조로 해석되었다. 민속에는 모든 산에는 산신이 있다고 믿었다.

냇물이나 강에도 수신이 있다고 믿어 제사를 지냈다. 윤씨가 강의 용신에게 제사를 지내자 큰 잉어 한 마리를 보게 되었다 하여, 윤씨들은 잉어를 안 잡아 먹는다고 한다. 물의 신은 용신이라고 하며, 고주몽의 어머니 유화(柳花)가 하백(河伯), 즉 용신의 딸이라고 했다.

마을의 초입이나 고갯길에는 서낭당이라는 당집이 있거나 서낭목이라는 당목이 있어, 마을의 길흉화복을 막거나 불러주는 수호신 구실을 했다. 서낭신은 주로 여신으로 오색 천조각이나 빗, 화장품 등을 제물로 바쳤으며, 길손은 돌무더기에 돌을 얹어주어 여행길의 안위를 부탁하곤 했다.

골목길에는 저승에 들지 못한 객귀, 즉 거지신인 걸신(乞神)이 돌아다니며 인심이 사나운 집에 심술을 부리면 그 집의 아이들이 앓는다고 하여 객귀 물리기 같은 간단한 굿도 행해졌다. 문신은 대문간에서 길흉화복의 출입을 관장하였고, 대청마루에는 주인신인 성주신이 있고, 안방에는 식구들과 가축의 임신·출산과 농사의 흉풍을 좌우하는 할머니신인 삼신이 있어 아랫목에 신체(神體)로서 삼신바가지·삼신단지를 모셨다.

부엌에는 본처신인 조왕신이 있어 부뚜막이나 아궁이를 신체로 삼았으며 뒷간에는 첩신, 즉 시앗인 측간신이 있었다. 옛날 어느 남자가 늙고 병든 본처를 두고 젊고 아리따운 여자를 첩실로 들이고는 첩실의 꼬임에 빠져 조강지처인 본처를 내쫓아 굶게 하고 얼어 죽게 했다. 그 남자가 죽자 가장이 된 본처의 아들은 어미신을 가장 따뜻하고 밥을 제일 먼저 먹을 수 있는 부엌 부뚜막과 아궁이의 조왕신으로 삼고, 아비의 소실은 고약한 냄새가 나는 뒷간으로 몰아냈다. 그래서 뒷간 앞에서 에헴 에헴, 하고 인기척을 안 하면 첩신이 붉은 털이 난 손으로 뒤를 닦아 놀라게 하여 똥독이 올라 앓다가 죽게 한다고 했다.

또, 사찰에서는 밤하늘의 북두칠성에 치성 기도를 드리기 위해 칠성각, 산신각 같은 집을 지어주었는데, 칠성신이나 삼태성이 점지해준 아기 몸에는 일곱 개 또는 세 개의 점이 있다 하여 아이의 이름도 칠성(七星)이나 삼성(三星)으로 짓기도 했다.

이렇게 옛날 사람들은 불교 사상의 영향이었는지 천지만물에 모두 신성이 깃들여 있다고 믿고 자연물 앞에 겸손하게 행동했다는 점에서 생태적, 친자연적 삶을 살았다고 볼 수 있다.

산

동금강산 나무 없어 갈 수 없고
북향산 찬 곳이라 눈 쌓여 살 수 없고
서구월 조타 하나 정굴이라 살 수 있나
남지리(南智異) 토후하여 생이가 죠타 하니
그리로나 찾아가세

살 만한 곳을 찾아가는 노래로, 동쪽 북쪽 다 그만두고 남쪽 지리산이 땅이 좋다 하니 그리로 가서 살자는 내용의 어른 노래였다. 조정의 권력다툼으로 야기된 여러 차례의 반정, 권신들의 피 흘리는 사화, 임진·정유왜란, 병자호란 등의 외침, 관청의 무거운 세금과 노역 등으로 살기 힘든 양민들이 고향을 떠나 숨어살 만한 곳을 찾아 유랑하기도 했다. 피난지로 십승지, 즉 숨어서 난을 피할 만한 조선 전역의 열 곳이 전해지는 것도 이런 역사적인 내우외란의 결과였으리라.

시인 조지훈 선생의 고향인 경북 영양의 주실, 즉 주곡마을도 그런 십승지의 하나라고 한다. 약 2백여 년 전에 한양 조씨 중 일문이 정쟁을 피해 머나먼 오지인 경북 일월산 속으로 숨어들었는데, 그곳이 주실 곧 주곡이었다. 또 조지훈 시인의 선대 어느 어른의 호는 호은(壺隱)이었는데, 이는 곧 항아리 속에 숨었다는 의미이다. 자신의 호를 이렇게 지었을 정도로, 그렇게 양민들은 살

만한 곳을 찾아 숨곤 했다.

영양 주실뿐 아니라 경북 안동 일원도 태백·소백산맥 아래의 험준한 산골이어서 세조의 단종위 찬탈 때부터 여러 정란을 피해 숨어든 이들의 후손들이 터잡아 살아온 곳이다. 한양에서 멀리 떨어져 조정의 관직을 얻어낼 수는 없지만, 그 대가로 여러 정란을 피할 수 있었으니, 정치와는 거리가 먼 학문을 닦아 영남학파를 이룩한 대표적인 유림 고장이었다. 조정에서는 이들 영남 유림들의 상소나 항소를 가장 두려워했는데, 이들이 대가를 바라지 않고 올곧은 내용의 상소를 썼기 때문이라 했다. 요즘으로 본다면 재야지식인 세력들이었던 셈이다.

피난장소로서 십승지의 첫째 조건은 '사방 삼십 리에서 닭이나 소, 개 울음소리가 들리지 않는' 첩첩산중이어야 했다고 전해지는데, 경북 북부지역 산악지대가 바로 그런 곳이었다고 한다. 어찌 그곳뿐이랴. 남쪽 지리산 부근도 그런 곳으로 알려져 그곳을 찾아가고자 하는 이들이 이런 노래를 지어 불렀던 것이 아닐까.

이 노랫말에서 찬 곳이니, 나무가 없는 곳이니 하는 의미는 글자 그대로라기보다는 인심이 박한 곳, 양민들이 살 만한 곳이 못 되는, 권신 모리배나 정쟁의 피해를 입기 쉬운 곳을 비유했다고 볼 수 있으리라.

파랑새

새야 새야 파랑새야
너 어이 나왔느냐
솔잎 댓잎 푸릇푸릇키로
봄철인가 나왔더니
백설이 펄펄 흩날린다
저 건너 저 청송녹죽
날 속였네

새야 새야 파랑새야
만수문연 풍년새야
너 뭣 하러 나왔느냐
하철인가 나왔더니
온갖 풀이 날 속인다

새야 새야 파랑새야
녹두나무에 앉지 마라
녹두꽃이 떨어지면
청포장사 울고 간다

연과 대나무

연잎 댓잎이 푸릇푸릇하길래
사사월인 줄 알아 나왔는데
백설이 펄펄 휘날리니
오동지섣달 분명하다

〈파랑새〉는 동학난 때의 전봉준을 녹두장군이라 하여 노랫말에 담은 동요
들과, 위와 같이 인생살이의 속고 속이는 내용을 담은 속요 등이 다양하게 발
견되고 있다. 아이들과 여자 또는 농군들, 나무꾼들이 장탄식으로 부르는 노
래이기도 했다.

〈연과 대나무〉 역시 위와 같은 인생 관련 노래로, 어린아이들보다는 어느 정
도 자란 아이들이나 부녀자들, 또는 농사꾼과 나무꾼들이 후여탄식으로 불렀
다고 한다.

팔도가

평안도에서 온 상주는 수심가로 곡을 허구

경기도에서 온 상제는 양산도조로 곡을 허구

강원도에서 온 상제는 정선아리랑으로 곡을 허구

경상도에서 온 상제는 공맹자왈로 곡을 허구

전라도에서 온 상주는 육자배기로 곡을 허구

(……)

덜구 노래

둘째 아들 어디 갔노 워째 이리 연착이노

기관차가 고장났나 엔진이 탈이 났나

둘째 아들 보나마나 만원짜리 쓰시는고

조선말로 하게 되면 이만해도 좋심니더

일본말로 하게 되면 이만해도 닥상이데이

미국말로 하게 되면 이만해도 오케이데이

중국말로 하게 되면 이만해도 띵호로데이

독일말로 하게 되면 이만해도 독토그데이

(……)

내용으로 보아 〈팔도가〉보다는 〈상주가〉라고 해야 할 듯싶다. 조선 팔도 상주들이 자기 지방의 특색으로 곡(哭)을 하는 것을 흉내낸 내용이니, 초상집 상주가 노래를 불렀다는 말은 어폐가 있지만, 부모상을 당하여 곡하는 울음에도 이런 유머를 곁들여 슬픔을 극복하려 했던 것이 아닐까?

상주 또는 상제는 부모상을 당한 자녀를 말한다. 상주는 '아이고 아이고'라고 곡을 하고, 기타 친척들이나 이웃들은 '어이 어이'라고 곡을 한다. 상주는 부모상을 당하는 일을 자신의 불효로 여겨 삼 년 동안 험한 삼베옷을 입고 거친 삼껍질을 꼬아 머리에 얹고, 아침저녁으로 부모의 혼백을 모신 빈소에서 상을 올리며 울었다. 이보다 더한 효자는 산소 옆에 여막을 지어 손톱, 발톱도 깎지 않고 세수도 안 하고 악의를 입고 악식을 먹으면서 삼 년간 시묘(侍墓)살이를 했다.

이런 효행을 하지 않더라도 삼년상을 날 때까지는 흰옷을 입고 거친 음식을 먹고 애통한 모습을 하며 불효한 죄를 뉘우치는 행신을 보였다. 부모상을 당하면 관직에서도 물러나야 할 정도로 충신의 예보다 효자의 예를 앞세웠기 때문에, 봉제사 접빈객하다가 나라가 망했다는 냉소적인 속언도 생기게 되었다. 상주는 죄인이므로 삼 년간 웃을 수 없었던 점을 악용하여 상제 웃기기 놀이가 유행하기도 했는데, 친구들이 이런 악역을 담당했다. 아마도 위의 속요도 이런 상제 웃기기를 위해 지어지지 않았나 생각된다.

아래의 〈덜구 노래〉는 무덤 다지는 노래로, 상주들로부터 돈을 받아내느라 6개 국어로 노래하고 있는 것으로 보아 근대 이후의 것으로 짐작된다. 끝부분의 엉터리 일어, 영어, 중국어, 독일어가 웃길 만하다.

심술 부리기

똥누는 놈 주저앉히자

길 한가운데 구덩이 파놓자

장독대에 돌멩이 던지자

불난 집에 부채질 하자

달리는 놈 다리 걸자

이 앓는 놈 뺨따구 치자

배 앓는 놈 간지럼 태우자

앞 못 보는 놈 개천에 떠밀자

곱사등이 뒤집어주고

잔칫상에 흙 뿌리고

초상집에 가 창가 부르자

이런 심술은 실제로 부릴 수도 없고 부려서도 안 되기 때문에 이런 노래로 심술, 심통을 부리고 싶은 억압된 욕구를 해소했을 것으로 보인다.

달밤 산보

달도 밝고 별도 밝아 산보를 하니
어여쁜 아가씨가 앞을 지나네
실례를 무릅쓰고 악수를 하니
방긋 웃고 돌아서는 여자의 태도
당신의 소원이 그러하거든
영원히 이내 몸을 사랑하시오

깡깽이

어느 날 달밤에 대머리 총각이
깡깽이를 뜯으면서 찾아왔도다
네 깡깽이 소리는 듣기는 좋다만
네 얼굴이 못나서 나는 싫도다

개화기 자유연애를 선망하던 시대의 속요라고 한다. 거의 대다수의 남성들
이 즐겨 불렀다는 이 노래들은, 매우 정중한 내용으로 지어졌다고 한다.

상두꾼 노래

간다간다 나는 간다 대궐 같은 이내 집을

움막같이 비워놓고 분벽 같은 고운 방에

반달 같은 처자 두고 금상자 옥상자에

가지 의복 쌓아두고 강보에 어린 자식 두고

누굴 믿고 간단 말가

어디 가노 어이 갈거나 어노

북망산천 멀다더니 오늘 내게 닥치노니

대문 밖이 저승이라 천년 집을 찾아가네

먼먼 집을 찾아가네

어노 어이 어이 갈까 넘차 어노

이승 문을 닫아놓고 저승 문을 향해 가오

여보시오 우리 님아 눈물 길어주오

그런 넌들 아니 갈까 자네 눈물 볼작시면

가는 낸들 좋을손가

어노 어노 어이 갈거나 어노

이제 보면 언제 볼꼬 이 세상이 그만이리

천명을 거역 못 해 나는 이제 가거니와

후세상에 다시 보세 어느 어느 가리 넘차 어노

장삿날 상여를 메고 갈 때 상여 앞에 올라탄 상두꾼이 선창을 하고 상여 멘 이들이 후창하며 상제와 친지들의 슬픔을 자극하는 노래이다. 죽은 자를 북망산(北邙山)으로 데려가는 산 자와 강제로 가야 하는 죽은 자의 처지가 되어서 부르는 내용이 한스럽고 슬프다.

양반 없소

양반(兩半, 한 냥 닷 돈) 가운데
닷 돈은 동학당이 먹고
닷 돈은 개화당이 먹고
닷 돈은 독립당이 먹어
양반 없소오

내 주머니 양반 중
김옥균이 닷 돈 먹고
전봉준이 닷 돈 먹고
서재필이 닷 돈 먹고
양반 없소오

내 주머니 양반 중
길영수가 닷 돈 먹고
일진회가 닷 돈 먹고
쪽발이가 닷 돈 먹어
양반은 없어졌소오

일제 통감정치 때 상민인 길영수(吉泳洙)가 육군 참령이란 엄청난 계급에 오르자, 이 소식을 전해들은 양반들이 어떻게 상민이 그렇게 출세할 수 있느냐, 해괴한 일도 있다고 비아냥거리면서, 천민 길영수를 출세시킨 일제를 이를 갈며 증오해 지어 불렀다고 한다. 일제 침략이 가져온 엄청난 민족적 굴욕감과 미래에 대한 불안감으로 장차 자신들의 붕괴를 염려한 양반들이 지어 부른, 반일사상을 고취시키는 속요였다고 전해진다.

농군가

우리하고 농군들요 이내 말쌈 들어보소

사농공상 직업 중에 농사일이 제일이라

에헤헤 상사듸야

의원마다 병 곤치면 북망산천이 왜 생길로

사람마다 농군 되면 보릿고개 왜 생길로

에헤에에헤이 상사듸요

이 논배미 다 매놓고 가설랑

거적 이불을 덮어쓰고

새끼 농군이나 맹글란다

에헤야 상사듸야 에헤야 상사듸야아

(……)

속요의 특징 중 하나가 상스러운 가사 내용이 포함된다는 것이다. 상민들이 주로 부른 이런 상스러운 내용은 노동의 고단함을 달래주는 효과가 있기도 했다. 모심기, 논매기, 추수 등의 노동 현장에서 특히 이런 속요를 즐겨 불렀다.

농사는 조선시대의 본업, 즉 가장 중요한 생업이었다. 따라서 아이들의 놀이도 땅과 관련된 땅따먹기, 땅뺏기 등이었는데, 이는 토지의 소유가 곧 부귀의 척도였음을 말해준다. 많은 토지를 소유한 이는 지주가 되어, 토지를 빌려 농사를 지어 일정량을 지주에게 바치는 가난한 소작농을 여럿 거느리고 권세를 누릴 수가 있었다.

필자가 어렸을 때, 필자의 증조모는 저녁에 달이 뜨면 마당으로 내려가 달에게 합장하며 어린 증손인 필자를 위해 소리내어 비셨다. "우리 차야(필자의 아명) 무양충실하게 커서, 앉아서 밥상 받고, 일어서서 호령하고, 걸어서 내 땅 밟고 사는 모양을 보고 죽게 해주소." 이 어른은 약관 20세의 남편인 필자의 증조부께서 3·1운동 때 왜경에게 총살당하는 바람에 소년청상이 되어 일찍 집안의 몰락을 체험하신 탓에, 어린 증손녀를 위해 이렇게 부귀의 소원(당시의 부귀는 땅부자였을 테니까)을 비셨으리.

논매기 노래

매어주게 매어주게 일심으로 매어주게
우리 일꾼 보기 좋게 일천기력 나는 듯이
못다 맬 논 다 매주면 준치자반 먹인다네
준치자반 아니 먹은 절간 중이 어이 살까
산에 절간 도승들은 부처님을 모셨다네
지어가네 지어가네 점심 새참 지어가네
오늘 해도 다 갔는지 골골마다 그늘졌네
해가 져서 그늘인가 산이 높아 그늘이지
이슬아침 만난 동모 석양천에 이별일세
석양천에 이별인가 해가 져서 이별이지
새벽서리 찬바람에 울고 가는 저 기럭아
울고 가면 너나 가지 잠든 임은 왜 깨우나

〈논매기 노래〉〈농군가〉 등의 노동요는 주로 노동을 하며 살았던 상민들의
애환이 담긴 노래이다. 다만 절간 고승(?) 또는 도승까지 준치자반을 먹었다
고 한 내용으로 보아, 유학을 숭상하고 불교를 경시 또는 억압했던 조선조의
억불 또는 배불숭유 정책 효과의 일면을 엿보는 듯하다.

공기받기

에헤라 노아라 능지를 해도 못 놓겠네

노랑은 대구리 풀상투 틀고요

남의 집 처녀의 옷자락을 잡지나 말아라

연분홍 치맛자락이 콩 튀듯 하노라

에헤라 노아라 지요타

공기놀이는 다섯 알의 공기알로 노는 놀이와 여러 알의 놀이로 노는 공기받기가 있다. 두 팀의 대결이나, 여러 팀의 경쟁으로 놀이하기도 했다. 공깃돌은 물가의 동그란 조약돌을 주워 사용하거나, 작은 돌을 동그랗게 다듬어 놓았다.

내용으로 보아 일제강점기, 적어도 창씨개명이 강요되던 시기에 생겨난 노래로 추정된다. 노랫말에 나오는 '에헤라' '노아라' '지요타' 등의 어휘는 창씨개명을 강요받은 조선인들이 마구잡이 장난으로 지었던 성씨와 이름이기 때문이다. 더구나 '노랑은 풀상투를 틀고요'라고 하는 데서는 단발령에 대한 노기(怒氣)조차 느낄 수 있다.

구체적으로 아이들이 이런 노래를 공기받기에 어떻게 이용하고 결합했는지는 찾지 못했으나, 노랫말의 창작 시기는 그때로 추정된다.

나무 노래

나무 심어 나무 심어 낙동강에 나무 심어

그 나무가 자라나서 열매 하나 열렸다네

무신 열매 열렸던고 해와 달이 열렸다네

열매 하나 따다가는 해님을 안을 넣고

달님을랑 겉을 대어 줌치 하나 지어내서

중별 따서 중침 놓고 상별 따서 상침 넣고

무지개로 선 두르고 다홍실로 귀 받쳐서

동래팔전 끈을 달아 한길가에 걸어놓고

내려가는 신감사야 올라가는 구감사야

줌치를 구경하러 오소

신랑은 목안(木雁) 들고

신부는 건치(乾雉) 들고

그 기러기 나를 때까지

그치지 마라 그 사랑

합환주 첫 잔에 아들 낳고

(……)

다른 '나무 노래'들과는 다른 내용의 노랫말로 되어 있다. 부녀자들이나 처녀들이 바느질을 하며 불렀다고 한다. 또는 총각이나 상민들이 혼인에 대한 기대감이나 그리움으로 지어 불렀다고도 한다. 줌치는 주머니의 옛말이라고 한다.

쓰르라미 쓰르랑

아르랑 쓰르랑 쓰르라미 쓸쓸르랑

문경새재는 열두나 고개

구부야 구부야 눈물만 도온다

문경새재의 물박달나무는 홍두깨 방맹이로 다 나가고

홍두깨 방맹이는 팔자가 좋아 큰애기 손끝에서 잘도 놀아난다

쓰르라미 울거들랑 날 찾아주우소

쓰르랑 쓰르랑 쓸쓰르라미 울어라

아주까리 피마자는 해마다 공출하라니

지름머리 단장도 나날이라 못 하것네

우리집의 딸애 이름은 금쌀애기라 카는데

동래부사 짐한량이 맏며느리로 오랐는데

남양군도 남만주로 정신대로 가라 카네

산천초목 변치마는 우리 동무난 변치 말자

너캉 내캉 정들었지 이웃집 노인이 요사로다

수심은 첩첩헌디 잠이 와서야 꿈을 꾸제

쓰르랑 쓰르랑아 쓰르르라미야 울어쓰거라

아리랑 아리랑 아라르요

아리랑 고개로 넘어간다

나를 베리고 가시는 임은

십 리도 못 가서 발병 나지만

나를 데리고 가시는 임은

백 리를 가도 날아서 간다

아리랑과 결합되기도 한 이 속요는, 일제강점기의 피폐해진 우리 생활상을
보여주는 서민 노래라고 볼 수 있다. 남양군도로, 남만주로 정신대로 끌려갔
다는 노랫말이 있고 상민들이 통정난 내용도 있으니, 슬픈 가락의 속요로서
아리랑의 또하나의 변형으로 전해진 것이 아닐까?

장가

장가가네 장가가네
쉰다섯에 장가가네
머리 센 데 먹칠하고
눈 빠진 데 불콩 박고
이 빠진 데 박씨 박고
코 빠진 데 골무 박고
장가가네 장가가네
쉰다섯에 장가가네
장가사 좋다마는
어느 새댁 청상과수
공방살을 맹글라고
분수없이 장가가노
주책없이 장가가노

옛 속언에 '처복이 상복(上福)' 이라 했다. 부인을 잘 얻는 복이 남자들이 누리는 최고의 복록이라는 뜻이다.

다 늙어서 서로 등을 긁어주며 외롭지 않게 살아야 할 나이의 홀아비가 장가가는 것을 분수없고 주책없는 짓이라고 나무라는 속요이다. 머리는 다 희어지고, 눈은 움푹 빠졌고, 치아도 빠졌는데 그 늙은 나이에 장가가서 어느 젊은 새댁을 독수공방 생과부 만들 참이냐고 했다.

불콩은 콩이 마르지 않은 상태이거나 마른 콩을 물에 불렸을 때를 이르는 말이고, 골무란 바느질할 때 바늘에 손가락이 찔리는 것을 방지하기 위해 손가락에 끼우는 도구이다. 골무는 여자들이 색색의 천으로 만들거나 색실로 수를 놓아 여러 개씩 노리개처럼 치마끈이나 옷고름에 차기도 했다. 상류층이나 궁궐에서는 은으로 된 골무를 끼고, 좀 못한 계층에서는 놋골무를, 하층 양민들은 천으로 골무를 만들어 끼웠다.

난봉가

난봉헤 났구나 헤에구야
줄난봉이 났는데
우리집에 삼형제가
헤이구나
줄난봉이 났구나
에헤헤 헤에에
어련아 시동 종종
내 사랑만 가노라

화냥년가

찢을 년아 발길 년아

서방질에 매친 년아

어린 자슥 재워놓고

병든 서방 뉘어놓고

활장(활대)같이 굽은 길로

니가 가면 잘살꺼냐

그 얼마나 잘살꺼냐

찢을 년아 발길 년아

대전통편 목맬 년아

서방질에 매친 년아

남성 우위, 남성 중심의 전통사회에서 남성의 바람피우기는 풍류로 인식되었다. 그래서 "헤에구야" 등의 흥겨운 감탄사가 들어간 것이다. 더구나 삼형제가 똑같이 줄난봉이 났으면 그 집안 꼴은 말할 필요도 없을 지경이 되었을 텐데도 "내 사랑만 가노라" 하고 흥겨움에 취해 있다. 남성의 난봉은 이렇게 멋들어진 풍류로 인식되었으나, 여성의 경우는 『대전통편』이라는 법전에도 목을 매어 죽일 또는 목을 베어 죽일 화냥질이라 하여, 극심한 남녀차별이 나타나 있다.

　과수댁의 훼절을 우려하여 실제로 마을마다 과부를 겁주기 위해 자녀목(刺女木), 즉 정절을 지키지 못하고 실덕한 과부가 목을 매어 죽는 나무가 정해져 있었던 것이다. 훼절하지도 않았으면서 소문 때문에 견디지 못하고 스스로 목을 매어 죽기도 했고, 친정과 시댁 가족들의 핍박과 이웃들의 멸시와 비난을 견디지 못하고 목매어 죽기도 했다. 더러는 죽은 남편을 사모하여 자진하는 식으로 목을 매어 저승에서도 부부로 살고자 하는 열녀가 있기도 했다.

　이런 모든 사례가 남성에 종속된 여성의 운명 탓이었으니, 〈화냥년가〉도 그런 분위기에서 태어난 질타와 비난이었을 게다. 『대전통편』은 조선조의 법령집이다.

사랑

니는 죽어 웃매 웃짝 되고
나난 죽어 밑매 밑짝이 되자

나는 죽어 새가 되되
난봉 공작 원앙 비취 다 바리고
청조라 하는 새가 되고
나는 죽어 꽃이 되고
너는 죽어 범나비 되고
나는 죽어 계집녀 변(女)이 되고
너는 죽어 아들 자(子)자 되어
우리 둘이 딱 붙어서 좋을 호(好)자로 놀아보게

비슷한 내용의 속요들이 여럿 발견되는데, 이 속요 역시 다른 노래들과 뒤섞여 있다.

남녀의 사랑을 죽어서도 함께하고 싶다는 소원으로 표현했다. 부부 금슬이 좋기로 이름난 원앙새, 꽃과 나비의 관계, 좋을 호(好)를 파자(破子)하면 계집녀(女)와 아들 자(子)의 결합인 점 등을 노랫말로 하여 부부애를 그리고 있다.

나무 노래

오동나무 제자하니

요임금의 오현금

살구나무 제자하니

공부자의 강단

솔나무 조타마는

진시황의 오태부

잣나무 조타마는

한고조 더푼 그늘

어주축수애산춘

홍도나무 사랑옵고

위성조우 읍경진

버드나무 조흘시고

밤나무 신주(神主)감을

전나무 돗대재목

가사목 단단하나

각영문 곤장감을

참나무 곳곳하니

비짓 난데 못가음(나무못을 만드는 못감)

쭉나무 오시목과

산유수 용목 검패목

물방 긴한 물목

화목(火木) 되기 아깝도다

뽕나무가 방귀를 뽕 하자

대나무 댓기눔 하니

참나무가 참아라, 라고 하지

이 동요는 앞의 〈나무 노래〉와는 달리 나무의 용도와 성질을 담은 동요로, 이 동요를 부르면서 자란 아이들은 중국의 고사는 물론 나무의 용도와 성질까지도 알게 된다. 그러므로 앞의 〈나무 노래〉보다는 더 자란, 나이가 좀더 든 청년들이 불렀다고 볼 수 있다.

특히 밤나무는 조상신을 모신 사당의 신주를 다듬는 데 사용되었음을 알 수 있는데, 이는 밤이 제사 때 쓰이는 과일로 남성을 상징했기 때문이다. '아들딸 많이 낳고 검은 머리 파뿌리 되도록 백년해로하거라'라는 말은 혼례 후 폐백을 드리는 신부의 치마폭에 시부모와 시댁 어른들이 대추와 알밤을 던져주며 하는 덕담이 아닌가. 또한 꿈에 알밤을 보면 아들 태몽으로 알았다는 점으로도 밤나무의 상징이 신주가 됨직함을 추리할 수 있다.

비 오는 달밤

비 오는 달밤에
나무 없는 그늘 밑에
단둘이 홀로 앉아
닥쳐올 옛 추억을
말없이 속삭이자

　노랫말의 내용으로 보아 도저히 말이 될 수 없는 말의 구성으로 멋을 부리고 있다. 비논리적·비합리적인 노랫말의 재미를 위해, 또는 누군가를 속이는 재미로 지어 불렀다고 본다.

상주 놀리기

아이고 아이고 잘 죽었다

그나저나 잘 죽었다

잘 죽고말고 울 아부지 돌아가시면

사랑 차지 내 차지

우리 어메 죽고 나면

안방 차지 내 마누라 차지

아이고 데이고 잘 죽었다

아이구 원통나 시원치

친구의 부친이 별세했다는 소식을 듣고 문상하러 상갓집을 찾아가서 친구인 상주를 놀리는 노래였다고 한다. 늙은 부모님이 돌아가시고 나면 여러 가지로 덕을 보는 이는 바깥상주와 안상주인 마누라라는 내용이다. 초상집에 문상 간 상주 친구들이 장난으로 곡하는 내용으로, 오랫동안 상주 노릇 하느라 웃지도 못했을 친구를 웃기려는 노래였다고 전한다.

질러라비

질러라비 휘얼 휠

질러라비 휘얼 휠

어델 가노 위데 가노

질러라비 휘얼 휠

청산 가자

나비야 청산 가자

범나비 너도 가자

가다가 저물며는

꽃에서 자고 가자

꽃에서 박대하면

잎에서나 자고 가자

두 노래 모두 개화기의 노래로, 남성들의 자유분방함을 노래한 것이라고 한다. 〈질러라비〉는 남성들의 자유로움 또는 나비의 별칭이라고 하며, 나래가 달려 있어 자유로이 날아다님을 빈정대는 노래라고 한다. 특히 〈청산 가자〉의 꽃과 잎새가 상징하는 바가 의미 있다. 남성을 나비로 상징한 점은 전통적인 음양 상징과 매한가지이며, 남성들의 자유분방한 생활상을 비유하고 있다.

신작로와 하이야

신작로 복판에는

하이야(택시)가 놀고

하이야 복판에는

신랑 신부가 노온다

나아냐 너어녀 두리둥실 놀구요

낮이 낮이나 밤이 밤이나 참사랑이로구나

호박은 늙으면 단맛이 나는데

사람은 늙으면 쓸 곳이 없네

일제강점기 이후 만들어진 자동차용 도로인 넓은 찻길을 신작로(新作路), 즉 새로 만들어진 길이라고 하여, 사람과 마소가 불편하게 다니던 전래의 좁은 길과는 구별했다. 따라서 개화기의 노래로 볼 수 있다. '하이야'라는 자동차, 즉 택시가 등장하고 신랑 신부가 등장하는데, 매우 상스럽게 비아냥대는 의도의 속요가 아니었을까?

후반부는 다른 노래의 일부가 덧붙여진 듯 보인다.

새각시 방에 불을 혀고

전래동요 ─ 옛날 여아들의 노래

비

여우비가 오온다/가랑비가 오온다

이슬비가 오온다/안개비가 오온다

노을비가 오온다/소낙비가 오온다

장대비가 오온다/장맛비가 오온다

봄비가 오온다/밤비가 오온다

새벽비가 오온다/저녁비가 오온다

가실비(가을비)가 오온다/게울비(겨울비)가 오온다

이슬비에 옷 젖는다/번갯불에 콩 볶아먹고

장에 간 우리 오라배/오빠 마중 나가보자

비가 오면 공동묘지에 꼬리가 아홉 달린 구미호 또는 천년 묵어 사람이 되기를 기원하는 하얀 백여우가 사람을 노린다고 했다. 여우고개, 여우골, 여우비 등 여우를 접두어로 하는 어휘들이 많은데, 이런 말은 모두 여우를 악한 짐승으로 전제했다. 여우가 간교하고 시샘이 많다고 하여, 잠깐 내리고는 금방 개는 비를 여우비라고 했다.

비가 내리는 모습으로 비의 이름을 각기 다르게 붙여 불러, 아이들의 재미거리와 유머 감각을 개발하고 언어유창성, 어휘연상력을 발달시키는 데 도움이 되었다.

갓데 구루마 발통

갓데 구루마 바쿠
누가 돌렸노
집에 와서 생각하니
내가 돌렸네

이 동요의 앞부분은 일본말로 시작되는데, 광복 후에 생겨나서 1960~1970년
대까지도 불렸다. 자기와는 전혀 관계가 없던 것으로 알았는데, 생각해보니
자기에게도 책임이 있었다고 깨닫게 되었다는 뜻으로 불려졌다고 한다.

고무줄 노래

긴시 간다 간다 우리 오빠는

전장에 나가서 이겨주세요

하나 둘 셋 넷 이겨주세요

아버지 어머니 기다리신다

언니 오빠도 기다리신다

강아지 고네기도 기다리인다

송아지 병아리도 기다리인다

(……)

이 노래 역시 일제의 잔재가 보이는 노래로, 일제강점기에 청년들이 강제 징병되어 끌려가던 내용을 시작으로 하고 있다.

1960년대의 초등학교 운동장에서 노는 여아들은 고무줄놀이를 하면서 이 노래를 불렀다.

이때까지도 농업 중심의 사회였던 탓인지, 가족뿐 아니라 집에서 키우는 가축까지 다 동원하여 불렀다.

손님맞이

손님요 들어오세요

고맙습니다

앉으십시오

괜찮습니다

누우십시오 누우면 진다아

1960년대까지도 여아들이 고무줄놀이나 줄넘기를 할 때 불렀다.

두 아이가 멀찍이 마주 서서 돌리는 줄 속으로 들어갈 때, 줄을 넘을 때, 그리고 나올 때 부르는 내용과, 상대편을 꾀어서 줄에 걸려 지도록 유도하는 내용으로 되어 있다. 앉으십시오, 누우십시오 등이 바로 상대를 유혹하는 내용이다. 이 동요는 편을 갈라서 대화식으로 불렀다.

우리 전통사회에서는 적선(積善)이나 적덕(積德)을 매우 중요시했다. 그래서 손님 대접에 극진하여 봉제사 접빈객하다가 망했다고까지 할 정도였다. 자기 집을 찾아온 손님은 절대로 문간에서 그냥 빈손 빈 입으로 돌려보내지 않는다고 했으며, 아무리 거지라도 손님이 찾아드는 집은 장래가 엿보이는 집이라며 희망적으로 생각했다. 처지가 어려워 도움을 청하는 손님(지나가는 길손이나 과객이라고도 했다)은 그 집에 적선·적덕할 기회를 주는 사람으로 여겨 힘껏 응대하는 예를 도리로 여겼다. 그래서 수많은 이야기가 손님 접대를 지성으로 하여 복 받은 내용을 담고 있다. 전해지는 한 얘기를 소개한다.

양녕대군의 어느 후손이 매우 곤궁하게 살았다. 어느 날 저녁에 길손이 찾아왔는데, 행색이 초췌하고 매우 시장해 보여서 집 안을 다 뒤져 한 줌 곡식을 찾아 죽 반 그릇을 쒀서 간장 한 종지와 함께 저녁상을 차려주며, 변변찮은 상차림을 미안해했다. 또한 자기 가족들은 저녁을 굶었음에도 이미 저녁밥을 먹었다고 거짓말을 했다. 이런 사실을 눈치채지 못할 리 없는 손님은 죽 반 그릇을 달게 먹고, 땔감이 없어 차디찬 방바닥에 꾀죄죄한 이부자리를 덮고 주인과 나란히 누웠다. 과객은 이런 주인이 고마워 보답할 길이 없을까 고민하다가, 날이 밝거든 조상들 산소를 찾아가서 혹시 산소 앞을 가리는 나무가 있거든 당장 다 잘라서 땔감으로 쓰고, 산소 앞도 시원하게 틔워주면 좋은 일이 생길 거라고 하며, 길이 바빠 아침 일찍 떠나야 하니 아침밥은 개의치 말라고 했다. 다음날 주인은 과객의 말대로 조상들의 산소로 가 산소 앞을 가리는 나무는 다 베어와서 땔감으로 썼다. 마침 그 다음날 임금이 능행을 가다가 초라하기 그지없는 무덤 하나를 보고는 뉘 무덤인데 저 모양이냐고 하자, 신하들이 양녕대군의 것인데 후손들이 빈한하여 돌보지 못하는 모양이라고 했다. 임금은 그 어른이 왕위를 양보하지 않았으면 자기가 지금 임금 노릇을 못했을 테니, 지금의 임금 자리가 그분의 덕이라면서 찾아가 돌봐주라고 명했다고 한다.

과객 중에는 몇 날 몇 달 몇 년씩 어느 집에 머물기도 하여, 주인 집에서는 의복 빨래를 해주는 것은 물론, 생일상이나 손님 부모의 제사상까지 차려주기도 했다고 한다. 지성으로 손님을 접대하는 것이 곧 불교의 적덕이고 유교의 인행이라고 믿었던 것이다.

경북 안동에서는 '백비탕'이라는, 맹물을 끓여서 따끈하게 한 그릇 대접하는 풍속이 있었다. 먹을 것이 없어 끓인 물을 백비탕이라 하여 손님에게 대접하여 예를 표시하는 것이었다. 자기 집에 오는 모르는 이도 빈 입으로 보내지 않는 게 예의였다.

사친회비

오도오상(아버지) 월사금 주세요
오까아상(어머니) 월사금 주세요
못 가져가면 매 맞아요
왜놈 센세이(선생님)한테 매를 맞아요
히노마루 벤또를 싸아주세요
왜놈 국기 앵두 한 알 찔러박아 싸주세요
매를 맞아 죽어요 딱지 딱지 코딱지 떼고 퇴학당해요

어머니 사친회비 주우세요
아버지 사친회비 주우세요
선생님 사친회비 어없어요
교장님 사친회비 어없어요
지도 사친회비 어없어요
지도 사친회비 어없어요

주로 여자아이들이 고무줄놀이를 할 때 불렀다고 한다. 앞부분은 일제 강점기에 사친회비를 월사금(月謝金)이라고 해서 강요당했던 내용의 동요이다. 아이들의 점심도시락에도 일본기의 상징으로 붉은 열매 장아찌를 동그랗게 흰밥의 중앙에 넣어 오게 했다 한다. 이런 일장기 모양의 도시락을 히노마루 벤또라고 했다. 이렇게 군국주의 정신을 고취시켜 대동아전쟁에서 이기기를 기원했고, 조선 아동에게 일본정신을 철저히 주입하려 했다.

이를 어긴 아이에겐 딱지를 빼앗았고, 이런 잘못이 거듭되면 퇴학을 시켜버렸다. 조선 양민의 식생활 풍속에는 이런 붉은 열매 장아찌가 없거니와 이렇게 도시락을 쌀 줄 모르는 어머니들이 대부분이어서, 히노마루 벤또를 요구하는 아이들과 어머니들 사이의 의사소통이 어려웠다고 한다. 모르는 척하고 고의로 히노마루 벤또를 안 싸주는 어머니들도 많아 결국 퇴학을 당해 학교에 못 간 아이들 또한 많았던 데서 이런 동요가 생겼으리라.

해방 후 일제시대의 이름이던 월사금은 사친회비라는 이름으로 바뀌어 징수되었는데, 이것이 전 시대의 노랫말에 이어져 아이들의 고무줄넘기, 줄넘기 노래가 되었다. 이 사친회비도 나중에는 학부모 후원회비로, 다시 육성회비로 이름이 바뀌어 징수되다가, 이제는 의무교육으로 인하여 사라졌다. 이런 시대상이 아이들의 동요에서도 잘 나타나고 있다.

이런 시대 변화에서 초등학교의 학부형회라는 용어도 사친회로 바뀌었다가 다시 어머니라는 여성을 대우한다는 의미에서 학부모회로, 다시 자모회 또는 어머니회 등으로 바뀌어왔다.

기러기

아침 바람 찬 바람에
울구 가는 저 기러기
우리 선생 계실 적에
편지나 한 장 써주세요
구리구리 멍텅구리

1960년대까지도 여아들이 가위바위보를 하기 전이나 칭얼대는 어린 동생들을 달래면서 부르곤 했던 이 노래는, 두 손으로 기러기가 날아간 방향을 가리키거나 편지쓰기 등을 흉내내는 손짓까지 곁들여 즐겼던 동요였다.

기러기라는 철새에 떠나간 선생님을 비유한 것과, 가을철새인 기러기가 의미하는 바 등이 매우 슬프고 쓸쓸하다. 이때까지도 동요는 거의 다 슬픈 곡조로 불려졌고, 내용도 슬픈 것이 주류를 이루었다.

뜀뛰기

띠 띠고 신 신고 춤추고 뜀뛰고

호랭이 꼬랭이(꼬리) 잡고

개구리 대구리(머리) 잡고

어디까지 왔냐 책거리 장터까지 왔다

안동 시내까지 왔다 대구까지 왔다

부산까지 왔다 서울까지 왔다 미국까지 왔다

바다까지 왔다 배까지 탔다 용궁까지 왔다 염라대왕 앞까지 왔다

왕궁까지 왔다 청아 청아 내 딸 청아아

가보지 못한 먼 세상, 먼 나라에 대한 동경이 잘 나타나 있는 노래이다. 심
봉사 눈뜨기와 결합되어 눈을 가린 술래를 앞세우거나 뒤에서 따르게 하고 여
러 아이들이 합창으로 불러주었던 놀이 노래였다.

언문 노래

가갸 가다가
거겨 거렁(냇물)에
고교 고기 잡아
구규 국을 끓여
나냐 나도 먹고
너녀 너도 먹어라
노뇨 노나 먹자
누뉴 누가 먼저
다댜 다 먹었나
더뎌 더 다고
도됴 됐다 먹자
두듀 두지 말고
라랴 소리 하며
러려 너럼 너럼
로료 료리하여
루류 누룽지까지
마먀 마자 먹자
(……)

우리말이 중국말과 다르다는 점, 중국 글자인 한자를 배우기가 너무 어렵다는 점을 우리 백성들이 무식해지는 이유로 간파하신 세종대왕께서 집현전 학자들과 함께 훈민정음을 창제하시어 '한글' 즉 큰 글이라고 이름하셨다. 그런데 중국 문물을 숭상하던 일부 사대부들이 한문은 배우기 어려운 중국의 문자이나, '한글'은 쉽게 배울 수 있다는 점을 지적하여 하루아침에 단박 익혀 배울 수 있다고 한글을 천시하기도 했다.

또한 글자의 생김새가 창호문의 각(角)과 흡사하다 하여, 하룻밤에 창호문 살만 보고서도 알 수 있는 쉬운 글이라고 무시하기도 했다. 고관 사대부들은 어려운 한자를 배워야 하고, 한글은 여자와 아이들 또는 미천한 서민들이나 배워 사용하는 글자로 여겨 '언문'이라고 부르기도 했다. '언문'이란 아녀자의 글, 즉 어리석은 년들의 글이라는 뜻이다. 아이 보는 계집아이를 언년이라고 불렀던 것을 상기하면 이해하기 쉽다.

'낫 놓고 기역자'라는 조소적인 표현대로 아이나 부녀자들의 글인 한글을 배우게 하는 동요이자 아이들의 연상력을 자극·발달시켜주는 절묘한 발상의 노래라고 할 수 있다.

이런 동요로 쉽고도 재미있게 배워 익힐 수 있기 때문에 한글을 하루 만에 다 배울 수 있는 '하루아침 글' 또는 뒷간에 앉아서 뒤보는 짧은 시간에도 다 익힐 수 있는 '하루아침 뒷간글'이라고 천대하기도 했나보다.

물

니는 구정물 먹고
나는 말강물 먹고
퉤 퉤

물 마셔라 물 마셔라 죽은 구신아 물 마셔라
뜨건 물 차운 물을
더러운 물 말강물을
구정물 소셋(세수)물을
앞간 물을 뒷간 물을
니가 쓴 물 니가 마시고
내가 쓴 물 내가 마시지

물 허피 쓰고 죽은 구신
저승 가서 다 마시고
물 많이 쓰고 죽은 구신
저승 가서 다 마신다
물 물 무신 물 내가 쓴 물 니가 쓴 물

물 쓰듯 흔하게 쓴다는 옛말도 있지만, 실은 옛날에도 물은 매우 아껴 썼다. 그뿐 아니라, 불교적 전래사상에 기인했는지는 몰라도, 빨래나 채소를 삶은 뜨거운 물은 반드시 식히거나 차가운 설거지물과 섞어서 식힌 다음 버렸다. 그렇지 않으면 땅 속의 벌레들을 죽이기 때문이라고 했다. 나뭇가지를 꺾을 때도 가운데 중심가지는 건드리지 않고 곁가지들만 꺾어 사용하여, 나무가 곧게 잘 자라도록 했다.

우물가에는 구기자나무나 향나무를 심으면 물맛이 좋고 장수한다고 했다. 우물이 깊거나 우물길이 멀어서 그랬는진 몰라도, 물은 아껴 썼다. 죽으면 자기가 생전에 썼던 모든 물을 저승 가서 다 마시게 된다는 말이 전래되었던 시대여서, 물을 아껴 쓰라는 부녀자들의 부요로서 자녀교육용으로도 효과가 있다고 본다.

또 겨울철에는 식구들이 한두 방에 모여서 함께 자면서 땔나무를 아꼈다. 남자 식구들끼리 사랑방에, 여자 식구들끼리 안방에 모여서 함께 자며 가족애를 돈독히 하고 서로의 애환을 나누며 애정을 확인하고 서로 격려하고 도왔다.

그래서 전래동요, 전래부요에는 가족 관련 노래가 많다. 또한 자연적인 사물, 즉 길짐승, 날짐승, 식물들에 대한 노래가 주류를 이룬다. 오히려 생명이니 환경보호니 하여 자연보호를 강조하는 지금보다 더 자연을 아끼고 보호했다는 증거가 되지 않는가?

고사리 대사리

고사리 대사리 꺾자
나무 대사리 꺾자
유자 콩콩 재미나 넘자
아장 장장 벌이여

껑자껑자 고사리 꺾자
수양산 고사리 꺾어다가
우리 아배 반찬하세

고사리 꺾자 고사리 꺾자
앵앵댕댕 버리여
수양산 고사리 꺾자
앵댕앵댕 벌이여
고사리 미사리 꺾으러 가면
앵댕앵댕 벌이여
미사리 고부야
앵댕앵댕 벌이여

고사리 고부야 미사리 꺾자
나는 어제 꺾어왔네

나는 고사리 많이 먹어 배탈 나서 못 가네

그래 좋다 나 혼자도 나는 혼자 꺾으러 가자

고사리, 미사리, 대사리, 고부는 같은 말의 다양한 표현이나 사투리이거나 또는 비슷한 산나물로 본다.

아이들이나 여자들이 고사리 꺾으러 산을 오르면서 앞소리와 뒷소리 즉 선후창으로 받아가며 부른 노래이다. "앵앵댕댕"의 변용은 산에 오르느라고 숨이 찬 때에 호흡을 조절하기 위해 후렴으로 부른 듯하다.

강원도 일대 등 산악지대에서 발견되는 이 노래는, 부녀자들이나 여아들이 산나물 하러 가는 길에 평소 갇히고 억눌려 살았던 일상에서 벗어나 해방감을 만끽하려고 지어서 흥겹게 불렀다고 한다.

여우비

여우야 여우야 비 오온다

여우야 여우야 눈 오온다

여우야 여우야 뭐 하니

노온다

여우야 여우야 뭐 하니

자안다

여우야 여우야 뭐 하니

밥 먹는다

무스은 바압?

이이밥

뉘 집 어얼라? 암탉 집 어얼라

맛있느으냐?

그으래

몇 아이가 한두 아이에게, 또는 여러 아이가 한 아이에게, 또는 두 아이가 서로에게 주고받는 대화식의 동요이다. 주로 어린 남아나 여아들이 불렀다.

여우는 아이들이 두려워하는 야생짐승으로, 죽은 시신을 파먹거나 아이들을 잡아먹는다고 알려졌다. 또한 여우가 오래 묵으면 사람, 특히 여자로 둔갑한다는 옛이야기들도 있고, 나쁜 사람, 특히 여자를 여우 같다 하여 여우가 나쁜 짐승으로 상징됨을 이 동요에서도 알 수 있다.

여우는 '애수'라고도 불렀는데, 지혜로운 영물인 악행의 요물로 상징되었다. 불교설화에서 고승이 여우를 물리쳐 불력을 증강시키기도 했고, 원시신앙에서는 영물로 인정되어 『고려사』『동국여지승람』『용제총화』『해동이적』등에서는 명신·명장의 출생과 관련되고 있다.

그러나 통속에서 여우는 꾀가 많고 재치가 있는 여자의 상징으로 여겼다. 그래서 뉘 집 딸애가 애교가 많고 재치가 있으면, '여우 같다'고 했고, 남자들은 '여우 같은 마누라에 토끼 같은 자식들'이라고도 했다.

댕기

한 냥 주고 얻은 댕기/두 냥 주고 접은 댕기

우리 오빠 성난 댕기/우리 올케 눈치 댕기

우리 할매 귀한 댕기/우리 엄마 설운 댕기

성문에서 널뛰다가/성 밖으로 날린 댕기

군아 군아 서당군아/주운 댕기 나를 주라

줌치야 접어 내 하마

군아 군아 서당군아/주운 댕기 나를 주라/비단조기 한 감만 뜨여주면

군아 군아 서당군아/주운 댕기 나를 주라

서른세 필 차일 밑에/장닭 암탉 마주 놓고

촛대 우에 촛불 밝히면/너를 주마

열두 폭 이불 밑에/고이고이 잠들거든

주운 댕기 너를 주마

댕기는 천으로 만들어 남녀 아이들이 혼인 전에 머리를 뒤로 빗어넘겨서 길게 땋아 늘이고 머리 끝을 묶을 때 사용한 것이다. 남자아이도 혼인 전에는 머리꼬리를 늘이고 다녀서 댕기를 맸고, 여자아이의 댕기는 붉은 비단천으로 만들어서 출신 가문을 나타내기도 했다. 비단만이 아니라 모든 옷감이 귀하던 시대라서, 어렵사리 댕기를 만들면 귀하게 사용했음이 잘 나타나 있는 동요이다.

"군아 군아"는 상대방 남성을 군(君)으로 부른 것인지, 아니면 군인을 말하는 것인지 이 노래로는 정확하지 않다. 그러나 상당히 유혹적인 내용의 노래라고 볼 수 있다. '줌치'는 주머니의 사투리였다고 본다.

댕기는 옛날에는 허리띠나 옷고름, 바지 발목께를 묶는 대님 등과 함께 응급용 붕대로도 사용되었다고 한다. 길을 가다가 독사에게 물리면 얼른 댕기를 풀어서 아래위로 묶고, 차고 다니던 장도칼로 물린 부위를 찢어서 입으로 독사 독을 빨아내어야 살 수 있었는데, 남녀 모두가 미혼 때에는 머리꼬리를 댕기로 묶었기 때문에 이런 용도로도 쓰였다. 기혼 여성들의 경우는 쪽머리를 얹을 때 댕기로 머리 땋은 끝부분을 묶었다.

가는귀먹은 할배 놀리기

할아버지 할아버지 어딜 가세요
오오냐 순이, 집에 있나보드라
아아뇨 어딜 가시느냐구요
글쎄 가보아라 공부하나보드라

노화에 의해서 가는귀먹은 할아버지를 놀려대는 아이들의 동요였다. 서로
의 말을 동문서답(東問西答)식으로 주고받는 대화가 아닌가.
   1960년대까지만 해도, 아이들이 여름철 둥구나무 그늘에서 바둑이나 장기
를 두는 노인들의 주위를 돌면서 이런 노래를 불러도 노인들은 노랫말을 눈치
채지 못했다고 한다. 아이들을 별 이유도 없이 시끄럽다고 꾸중하는 노인들에
게도 이런 노래로 놀려대곤 했다고 한다.

아기 달래기

아가 아가 울지 마라
니가 울면 내 눈에선 피가 흐른다
어떤 사람 팔자 좋아 엄마 손 잡고
오색이 영롱하는 때때옷 입노

이 노래도 어머니 잃은 젖아기를 달래는 슬픈 노래이다. '산고(産苦) 트는 계집 놔두고 처자 구하러 다닌다' '아이 낳다가 죽은 것은 사주에도 없다'고 할 정도로 산모의 출산시 사망률이 높았던 때, 산모가 죽으면 모유를 대신할 대용유가 없어 심봉사 심청이 키우듯이 젖동냥을 다녔다. 그러나 자기 아기 먹을 젖도 모자라는 형편에 남의 아기를 자주 실컷 먹여주기 어려웠으니, 밥죽이나 밥물로 암죽을 끓여 먹이는 언니나 형의 고달픔과 아기의 측은함이 오죽했으랴.

엄마를 잃은 젖아기를 키우는 언니나 형들이, 아기를 달래면서 어머니 잃은 자신의 슬픔까지 결합시키고 있다.

꼬부랑 할미

꼬부랑 할미가

꼬부랑 지팽이를 짚고

꼬부랑 길을 가다가

꼬부랑 똥이 마려워서

꼬부랑 대추남게 올라가

꼬부랑 똥을 누다 가니

꼬부랑 강아지가 와서 먹자

꼬부랑 지팽이로 때리니까

꼬부랑 깽깽 꼬부랑 깽깽

니 똥 먹고 천년 살가

내 똥 먹고 만년 살지

꼬부랑 노인이

꼬부랑 지팽이를 짚고

꼬부랑 개를 데리고

꼬부랑 길을 가다가

꼬부랑 나무에 올라가

꼬부랑 똥을 싸니

꼬부랑 개가 올라가

꼬부랑 똥을 먹는데

꼬부랑 할미가

꼬부랑 지팡이로 때렸지

꼬부랑 깽깽 꼬부랑 깽깽

니 똥 먹고 천년 사느니

내 똥 먹고 만년 살겠다

대추나무의 꼬부랑 가지가 그늘을 드리운 마당귀의 거름더미 가에서 엉덩이를 까고 변을 보는 아이와 그 변을 먹으려고 꼬리를 살랑거리며 서성이는 강아지, 그리고 이를 지켜보며 아이를 격려하고 강아지를 쫓아대는 할머니가 있는 농촌의 모습을 연상시켜주는 동요이다.

배변 훈련, 즉 대소변 가리기를 가르칠 나이의 아기에게 불러주면서 즐겁고 재미있는 놀이를 연출한 노래였다. 아기가 배변 훈련을 어른들이 강요하는 성가신 것이 아니라, 즐거운 놀이로서 수행하도록 유도한 동요이다.

옛날 농촌의 모습이 잘 나타난 이 동요는 아이들에게 유머 감각, '꼬부랑'이라는 발음하기 어려운 단어의 연습, 배변의 중요성 등을 가르치는 데 유익한 노래였다.

할머니, 지팡이, 개, 대추나무 등은 아이가 사는 집 주변의 친숙한 사물들로 재미있는 장면을 연출하기에 좋은 가사 내용이라 할 수 있다.

보릿고개

복남아 울지 말고 어서 자그라
터더럭구 배 주리는 나도 있단다
전일에 네가 울면 엄마 젖 줬지
터더럭구 배 주리는 나도 있단다

복남아 울지 마라 울지를 마라
니가 울면 내 눈에는 피가 흐른다
어떤 사람 팔자 좋아 엄마 손 잡고
오색이 영롱하는 때때옷 입노
냄아 냄아 뽕냄아

'고개 고개 해도 무슨 고개가 제일 높으냐' 하면 보릿고개라고들 했다. 인생 만사 넘고 거듭 넘어야 할 고개가 아닌 것이 없지만, 그중에도 제일 높고 험준 하여 무사히 넘어가기 힘든 고개가 보릿고개였으니, 이는 한두 해만 넘으면 되는 고개가 아니었다. 해마다 음력 삼사월이면 밭의 보리가 이삭이 패지도 않았는데 양식이 떨어져 소나무 껍질을 벗겨서 송기떡이나 송기죽을 쑤어 먹 거나 산야의 쑥이나 야생나물을 뜯어 먹으면서 연명했다.

'가난 구제는 나라님도 못 한다' 는 말도 있었으니, 1960년대, 아니 1970년 대까지도 보릿고개가 있었다. 물만 부은 멀건 죽을 먹어서 배(위)가 늘어나 배 꼽까지 쑤욱 나온 아이들이 개구리 몇 마리만 잡아 먹으면 남산만치 나왔던 배가 쑤욱 들어간다고 했으니, 우수 경칩이라고 갓 나온 개구리가 수난을 당 하던 시절이었다.

우리의 재래종 참외 중에 배꼽 부분이 불쑥 튀어나온 배꼽참외가 있다. 이 런 이름에서 보듯이, 보릿고개 시기에 아이들은 영양부족으로 배와 배꼽이 튀 어나올 정도로 가난하게 살아야 했다. 가난으로 굶어 죽는 사람들이 자꾸 생 겨났고, 아마도 이중에는 아이 낳고 먹을 것이 없어 굶어 죽은 산모도 있었을 것이다.

그렇게 죽은 산모의 아기, 즉 엄마를 여읜 아이들, 특히 여아들이 배고파 우 는 어린 동생을 달래면서 이 노래를 불렀다고 한다. 또한 배 주리는 어머니가 배고파 우는 젖먹이 아기를 달래는 노래였다고도 한다.

다복네야 다복네야

다복네야 다복네야

이삭머리 종종 땋고 니 어데로 울며 가노

내 어무이 묻힌 곳에 젖 먹으러 나는 가요

물이 지퍼 못 간데이 물 지프면 헤엄치지러

산이 노파 못 간데이 산 노프면 기어가제

가지 말그라 가지 말그라 가지 주꾸마 가지 말그라

참배 주꾸마 가지 말그라 떡 사주꾸마 가지 말그라

떡도 싫고 엿도 싫소 내 어무이 젖만 주소

살통 아래 삶은 팥이 싹이 나야 오마 카드라

북덕 불에 묻은 차돌이 물그러져야 온다 카드라

병풍 속에 그린 닭이 홰를 치면 오마 카드라

솔방울이 울어야만 너 어무이가 온다 카드라

애고 애고 내 어무이 삽던 대와 명정 때가

남산 끝에 구부야 구부야 잘도 잘도 돌아가네

(……)

다복네란 복이 많은 아이 또는 사람을 의미했다. 강음으로 따복네라고 하기도 했다. 일찍이 어머니를 여읜 어린 젖아기나 비슷한 처지에 있는 가엾은 이를 그렇게 불렀다고 한다.

옛날에는 출산의 후유증으로, 또는 출산 후 몸조리를 제대로 못 해 영양실조나 병으로 죽는 부녀들이 많았다. 이렇게 일찍 죽은 어머니가 다시는 살아와서 돌봐줄 수 없다는 점을 사설로써 알려주거나 달래주었던 노래였다고 한다.

형제

우물가에 나무 형제
하늘에는 별이 형제
우리집엔 나와 언니
나무 형제 별 형제
빛을 내니 우리 형제
두 분 부모 뫼시고서
잘도 잘도나 살아보세

아버지는 댓잎이요 어머니는 연잎이라
댓잎 연잎 죽었지만 이내 형제 살아 있네
앞산에다 묻지 말고 고개고개 넘어가서
가지밭에 묻어주소 가지 두 개 열리거든
우리 형제인 줄을 알아주소

우리 전통사회에서는 유난히 가족윤리를 강조하였는데, 형제 갈등의 해결을 위한 심리적 기제를 형우제공(兄友弟恭)이라 했다. 즉 형은 동생을 우애하고 동생은 형을 공경하여 형제 갈등을 예방하거나 해소하는 심리적 기제였다. 부부간의 갈등 해소를 위한 심리적 기제로는 '부창부수(夫唱婦隨)' '여모정절(女慕貞節)' '남효재량(男效才良)' 등과, 나아가서 '삼종지도(三從之道)' '칠거지악(七去之惡)' 등이 있었고, 이웃간의 협력기제로는 '이웃사촌'이 적용되었다. 물리적으로 가까운 이웃이 불행에 더 책임감을 느껴 행동해야 한다는 권장책이었다. 또한 친지간의 협동기제로는 '촌수근원(寸數近遠)'이 있었는데, 촌수가 가까울수록 행·불행에 도움을 주고 책임을 지도록 했다.

　이 노래는 형제됨을 강조하고 우애할 것을 가르치기 위해 지어 부른 동요로 보인다.

　속언에 '뱃속에 든 부모는 있어도 뱃속에 든 형은 없다' '형 따를 아우 없다' 등이 있어, 형에 대한 동생의 공경의 도리와 형의 무거운 책임을 강조했다.

부모

울 아버지 댓잎일레 울 어머니 연잎일레
댓잎 연잎 쓰러지니 우리 형제 어이할꼬
울 아버지 제빌런가 집을 짓고 간 데 없고
울 어머니 나빌런가 알을 슬고 간 데 없네
오라버니 거밀런가 줄을 치고 간 곳 없고
제비라도 초록제비 나비라도 범나빌세
거미라도 왕거미고 울 어머니 나빌 때에
저피 가루 원하더니 저피 가루 젊어가도
울 어머니 간 곳 없네
저기 가는 저 노인은 어데까지 가십니까
저승까지 가시거든 울 아버지 만나거든
네 살 먹은 어린 애기 동지섣달 설한풍에
발을 벗고 울드라고 조고마한 짚신이라
신을 삼아 전하라소
저기 가는 저 할머니 어데까지 가십니까
저승까지 가시거든 울 어머니 만나거든
한 살 먹은 어린 애기 동지섣달 긴긴밤에
젖 그리워 울드라고 조고마한 자라병에
젖을 짜서 전하라소
청산에는 비가 오고 백산에는 눈이 오고

울 어머니 불러보니 대답하고 아니 오네
저 산 너머 넘어가면 우리 부모 보지마는
날 마다(싫다)고 가신 부모 찾아간들 무엇하리

가족윤리를 사회윤리와 국가통치윤리로 확대하여 적용했던 조선조에서는 인륜 중에서도 유난히 효를 강조하여 부모를 잃은 슬픔을 탄식하는 노래가 상당히 여럿 발견된다.

그중에서도 길고 내용이 풍요로운 점으로 미루어, 이 노래는 시집간 부녀자들이나 제법 자란 여아들이 부모를 대신하여 어린 동생을 양육하는 힘든 고생을 슬픔과 탄식으로 불렀으리라 보인다. 자장가의 변형이라고도 볼 수 있다.

양친

눈 오신다 백옥산에 비 오신다 검정산에
백옥골에 솔을 심어 솔잎 마중 학이 올라
그 학이사 젊다마는 우리 양친 다 늙는다
늙는 것은 섧잖으나 희는 양은 섧고 섧다

'삼강(三綱)'에서 부위자강(父爲子綱)과 '오륜(五倫)'에서 부자유친(父子有親)이 강조되었던 전통 유교사상이 이 노래에 그대로 나타나 있다. 양친부모가 연로함을 슬피 탄식하는 효성스런 노래로서 자녀교육과 훈육이 목적이었다.

전통사회에서는 부모에 대한 효는 아무리 강조해도 부족하다고 여겼다. 아동교육서인 『소학』에는 「입교(入校)」편 다음에 「명륜(明倫)」편을 두어 오륜의 의미를 밝히고 강조했다.

중국의 요순시대 요임금은 효를 강조한 인물로 유명하다.

어떤 신하가 요임금에게 '만약 임금님 부친이 살인을 했다면, 아들이자 임금으로서 어찌하시겠느냐'는 물음에, 그는 '당장 잡아들이라고 명하고, 뒷문으로 나아가 지름길로 달려서 아버지를 업고 도망칠 것'이라고 대답했다고 한다.

애기

누운 애기 젖 달란다

앉은 애기 밥 달란다

정지 애기 쌀 달랜다

쇠 새끼도 꼴 달랜다

달구 새끼 모이 달랜다

강아지도 밥 달랜다

고네기 새깽이도

젖 달랜다

새색시를 며늘아기라고 불렀는데, 그녀의 주된 생활공간이 정지(부엌)이기에 '정지 애기'라고도 했다. 사람의 아기와 소의 아기(송아지)에다, 정지 애기가 밥 지으려고 시어머니한테 쌀 달라고 하는 내용까지 포함되어 더욱 재미있다.

아직도 첫 며느리를 얻으면 시부모들은 처음 몇 해 동안은 새아기라고 부른다. 또한 이웃이나 친지들은 새댁이라고 부른다.

딸의 설움

우리 오랍 아들인고로
논도 차지 밭도 차지
산도 차지 우물도 차지
부모도 차지 귀신도 차지
이내 몸은 딸인고로
빈손으로 쫓겨나네
아배 아배 내 아밴가
어메 어메 내 어멘가
나의 부모 맞을진데
왜 낳았노 날 왜 낳았을꼬
딸로 왜 낳았노

장가든다(간다)는 표현이 아직도 남아 있듯이, 조선조 중기까지도 재산 상속에서 아들과 딸의 차별이 없었다고 한다. 족보에도 출생 순서대로 딸아들의 이름이 등재되었고, 재산 상속, 제사 받들기도 아들과 딸이 공평하게 상속받거나 담당했다. 그러다가 주자가례가 정착되면서 아들 중심, 장자 중심으로 변화하여 딸에게는 재산 상속 대신 혼수에 비중을 두게 되었다고 한다.

오랍지

우리 오라바지는 남잔고로

논도 차지 밭도 차지

대궐 같은 집도 차지

하늘 같은 부모도 차지

요내 신세 여잔고로

먹는 것은 밥뿐이요

입고 가는 옷뿐이라

갈쳐주소 갈쳐주소

글공부나 갈쳐주소

비교적 양성이 평등했던 조선조도 중·후기로 접어들면서는 남성 중심, 친가 중심으로 편향적이 되었고, 마침내 후기에 이르러서는 남아선호 의식이 지배하게 되어, 부녀자들 또는 여아들의 이런 탄식 노래도 자생하게 되었다.

출가외인으로 시집와서 고된 시집살이의 서러움을 풀기 위해 출가 전 여아 때의 노래를 되살려 부르기도 했다고 한다.

별똥

내 머리 다앗 발
니 머리도 다앗 발
우리 머리 마카 닷 발

별

별 하나 따아서
구워서 불어서
망태기에 넣고 나서
하늘로 올라가네

　해와 달의 노래는 많았으나, 별의 노래는 드물었다. 달과 해는 농사와 부녀
자의 생산, 간조·만조 등과 관련해서 중요시되었으나, 별은 북극성, 북두칠성
등 치성을 드리거나 방위를 찾는 일 외에는 그리 중요하지 않아서였을까? 유
일하게 한 편이 수집되었다.
　여름밤에 놀던 아이들이 밤하늘에서 떨어지는 긴 꼬리 유성을 보고 소리를

지를 때 불렀다고 한다. 이렇게 함으로써 소원이 성취된다고 믿었다.

조선시대에는 가채라는 가발이 양반가 부인들 사이에서 특히 유행하였다. 그래서 가채 한 발(두 팔 길이)이 기와집 한 채 값인 때도 있었다고 한다. 긴 머리는 달비로 잘라 팔 수도 있어 환전이 되었다. 그래서 긴 머리는 소망 중의 소망이기도 했다 한다. 이런 소망이 동요로 자생되어 애창된 것이다.

별똥은 상서로운 상징으로 인식되었다. 지금도 봉천동 서울대 후문으로 통하는 길에는 '낙성대'라는 기념관이 있고, 낙성대라는 지하철역이 있다. 이곳 낙성대는 고려시대 강감찬 장군의 태몽이 별똥별이었다는 데서 유래한다. 장군의 모친이 커다란 별 하나가 치마폭으로 떨어지는 꿈을 꾼 후 임신하여 강감찬을 낳았다고 한다. 또 어느 날 하늘을 관찰하는 고관이 커다란 별 하나가 어떤 집으로 떨어지는 것을 보고 가보니 한 여인이 아기를 낳고 있어 그를 데려와 길렀는데, 그가 후에 강감찬이라는 명장이 되었다고도 한다. 송나라 사신이 와서 이 비범한 아이를 보고 문곡성(文曲星)의 화신이 하강했다며 아이에게 큰절을 바쳤다고 한다. 별똥별 꿈은 위대한 인물의 탄생을 예시한다고 믿어, 해를 품거나(홍길동의 태몽) 달을 따서 안거나 별을 얻거나(자장율사와 원효의 태몽) 하는 꿈은 모두 위인들의 태몽으로 귀하게 여겼다.

각시풀

신랑 신랑 오신다

각시 색시 오신다

신랑 방에 불을 혀고

각시 방에 불을 혀라

새신랑이 오신다

헌신랑도 따라온다

새각시가 오신다

헌각시도 따라온다

헌각시는 헌신랑하고

새각시는 새신랑하고

새신랑 방에 불을 혀고

헌신랑 방에는 불을 꺼라

새각시 방엔 불을 혀고

헌각시 방에는 불을 꺼라

각시풀이라는 잡풀이 있다. 물각시풀이라고도 하는데, 뿌리가 달래나 마늘 뿌리 같기도 하고, 잎은 제법 두껍다. 잎새가 부러지거나 찢어지지 않게 잘 비벼서 풀기를 빼고, 뿌리의 흙을 닦아서 하얀 뿌리와 파란 잎 사이에 나무비녀를 꽂아 쪽을 지어 각시를 만들기도 했다. 이런 풀로 각시를 만들어 소꿉장난을 할 때 불렀던 동요라고 한다.

'혀다'는 '켜다'의 옛말로 경상도와 전라도 지역에서 아직도 사용되는 사투리이다.

우리의 혼속에는 신랑이 신부집을 방문하여 혼인생활을 하는 방문혼도 있었고, 너무 가난하여 신붓감도 구할 수 없고 혼례도 치를 수 없는 신랑이 가난한 처녀나 과부를 보쌈하여 업어오는 약탈혼도 있었다고 한다. 반대로 너무 가난하여 시집을 갈 데가 없는 여자아이는, 어린 나이라 시집을 갈 수가 없음에도 식량을 줄이기 위해(입 하나 덜기 위해) 먹을 것이 있는 집에 민며느리로 들어가서 가사 잡역을 도와주며 얻어먹고, 자라면 혼인을 치르고 며느리가 되는 예도 있었다.

이들 혼인은 인간생활의 최고 경사 중의 경사였기 때문에 귀신, 특히 시집을 못 가고 죽은 처녀귀신인 손각시나 장가 못 들고 죽은 몽달귀들이 시기·질투하여 해코지를 한다고 믿었다. 또한 평소 처녀를 사모했으나 어떤 연유로 신부로 맞아들이지 못하고 뺏긴 총각이나 처녀가 있으면 신혼 첫날밤에 해코지할 가능성도 있을 것으로 짐작했다. 그래서 벽사의 상징, 즉 귀신을 쫓는다는 붉은색의 연지와 곤지를 발라서 액막이를 하는 화장이 신부 화장이었다.

또한 신부나 신랑 어머니들은 귀신들이 자녀의 혼인을 보고 시샘하여 신랑이나 신부를 죽인다고 생각했다. '호사다마(好事多魔)'란 좋은 일에는 마, 즉 귀신이 뀐다는 말이었다. 그래서 좋은 일을 앞두고는 흥분된 감정을 줄이고, 외출을 줄이거나 조악한 음식을 먹으며, 검소한 의복을 입는 등 겸손을 보이며 근신했다.

또한 혼인날이나 며느리를 처음으로 데려오는 신행날에는 신부 어머니나 시어머니의 얼굴에 검정 칠을 하여 추하게 보임으로써 귀신의 해코지를 피할 수 있다고 여겼다. 얼굴에 솥검댕을 칠하는 것은 점잖은 남자보다는 산전수전을 다 겪고 허물이 적은 신부 어머니나 신랑 어머니 등 주로 할머니들의 장난질로 자리잡았다.

또한 신혼 첫날밤에 신랑이나 신부를 보호하기 위하여 밤이 새도록 집 안에 불을 끄지 않았고, 신방에도 불을 밝혀 축제의 분위기를 북돋우고 아무도 신방 엿보기로 신부와 신랑을 노리지 못하도록 보호하는 풍속이 생겼다고 한다.

이런 염려나 걱정의 대표적인 예가 미당 서정주 시인의 『질마재 신화』에 잘 나타나 있는데, 이 시집에 실린 「신부」라는 시는 이런 해코지에 대한 염려가 아니라 신부의 음탕함을 염려한 신랑의 추측을 내용으로 하고 있다.

또한 경북 안동 지방에서 전해지는 이야기 중에는 신방 노리는 것을 겁낸 신랑이 첫날밤 도망친 것으로 되어 있는 것도 있다. 한 신랑이 사방의 총각들이 흠모해 마지않는, 아주 어여쁘다고 소문난 처녀에게 장가를 드는 행운의 주인공이 되었다. 혼례식을 치르고 신방 잠자리에 들려고 불을 끄고 보니, 문창호지에 칼 모양의 그림자가 나타났다. 신랑은 평소에 들어온 이야기가 떠올랐다. 모든 총각들이 흠모했을 정도로 절세가인인 신부에게 혼인 전에 통정했던 남자, 혹은 신부를 짝사랑했던 남자가 있어 첫날밤 몰래 잠복하여 자신을 죽이려고 칼을 들고 신방을 노린다고 생각한 것이다. 그래서 신랑은 혼례복인 사모관대도 벗지 않고 살며시 뒷문을 열고 달아나버렸다. 오랜 세월이 지나 남자가 우연히 첫 혼인식을 올린 마을을 지나다가 옛일이 생각나서 그때의 신부집을 찾아가보았다. 마침 밤이었고, 신방 문을 열어보니 신부가 아직도 족두리를 쓰고 원삼을 입고 고개를 숙인 채 앉아 있지 않은가. 놀란 그 남자가 신부에게 미안한 생각이 들어 신부의 어깨에 손을 얹으니, 신부는 초록과 빨강 등 신부 옷의 색깔과 같은 재로 사그라지고 말았다. 놀란 남자가 돌아서보니, 역시 달빛에 칼 그림자가 창호문을 노리고 있지 않은가. 그러나 그 남자는 겁 많은 어린 신랑이 아닌 중년의 장부가 되어 있었다. 용기를 내어 문을 열고 나가보니, 방 앞에 대나무 잎새 하나가 달빛에 비치어 마치 칼처럼 그림자를 만든 것이었다.

미당 서정주는 이런 옛날이야기를 바탕으로 「신부」라는 시를 썼는데, 이는 우리나라 거의 전역에서 발견되는 이야기이다. 이런 이야기 때문에 신방 근처에는 대나무를 심지 않는 풍속이 생겼다. 그래서 경북 안동 지방에는, 기후가 너무 한랭하여 대나무가 잘 자라지도 않지만, 집안 가까이, 특히 신방 근처에는 대나무 심는 것이 금기로 되어 있다.

한편 신붓감이 미인이면 박복하다고 알려져 며느릿감으로 꺼리게 되었다.

옷 입기

치마 밑에 속치마
속치마 밑에 다안니

단니 밑에 고쟁이
고쟁이 밑에 속고쟁이
속고쟁이 밑에 피기저구

전통사회의 부녀자들은 몸의 어떤 부분도 타인, 특히 남정네들에게 노출하지 않는 것을 미덕으로 여겼다. 마치 지금 이슬람 국가의 여성들이 부르카나 차도르로 몸을 감는 것과 비슷한 생각이었을 것이다. 그래서 옷을 여러 겹 껴입는 의생활 풍속이 있었다.

이 동요는 이런 전통사회 여성들의 의생활 풍속, 복식, 복장 풍속을 잘 반영해주고 있다. 부녀자들의 한복은 겹겹으로 껴입게 되어 있었다. 그 복잡한 순서를 이 동요로 간략하게 표시했다. 단니는 속치마보다 먼저 입는 가랑이가 넓은 속옷으로 뒤를 볼 때 쉽게 열리도록 밑이 트여 있었다.

언니

언니 언니 큰언니
꼬막 같은 큰언니
시집갈 때 얼굴에는
빨강 앵두 세 개드니
집에 올 때 자세 보니
방울 방울 눈물방울

이 동요는 시집간 언니의 초췌해진 모양에 가슴 아파하는 동생의 노래다. 엇비슷한 동요들이 많아 '시집살이 노래' 의 하나로 볼 수도 있다.

고된 시집살이를 탄식하는 새댁들이나 시집갈 나이의 처녀들은 물론, 이런 딸들을 둔 어머니들을 비롯하여 안노인들까지도 바느질이나 길쌈, 기타 가사를 돌보면서 흥얼거리며 불렀다고 한다.

비 노래

비야 비야 오지 마라
우리 누나 시집갈 때/가마꼭지 다 젖는다
다홍치마 얼룩진다/초록저고리 다 젖는다
비야 비야 그치거라/얼른 얼른 그치거라

우리 누나 시집가면/어느 때나 다시 만나
누나 누나 불러볼까/업어달라 떼를 쓸까

비야 비야 오너라/주룩주룩 쏟아져라
우리 누나 시집가는 날/못 갈 만치 쏟아지거라
시집을랑 가지 마오
시집살이 좋다 해도/우리집만 하오리까
고초당초 맵다 해도/시집살이 더 맵다더라
일이 모두 그러하니/시집을랑 가지 마오
비야 비야 쏟아져라
우리 누나 시집갈 때/물이 막혀 못 가그러

내가 불어 못 건너그러
강이 불어 못 건너그러
길이 질어 못 가그러

옷이 젖어 못 가그러
갓이 젖어 못 가그러

권에 권이 되얐능가
장닭 국권 되얐능가

주로 어린아이들이나 여아들이 둘씩 마주 서서 각자의 오른손을 자기의 왼손 팔꿈치께 올려놓고 두 아이가 두 손을 마주 잡아 한 아이가 올라탈 만한 가마를 만들어, 투정을 부리는 어린 동생이나 친구 여아를 올려앉히고 불렀던 노래이다. 가마에 올라앉아 시집가는 여아와 가마를 만든 여아들이 교대로 부르는 노래였는데, 누나가 시집갈 때의 서운함과 원망 어린 마음이 잘 나타나 있다.

마지막의 "권에 권이 되얐능가/장닭 국권 되얐능가"는 시집간 누님이 벌써 시댁 사람이, 더구나 장닭 같은 신랑의 사람이 되었느냐는 의미라고 한다.

선보는 노래

양산 읍내 양선달 딸이

인물 좋다는 소문을 듣고

한 번 가서 못 만나고

두 번 가서도 못 만나고

삼세번을 찾아가니

베 짜다가 내다보면서

아가 고 양반 꾀도 마안타

고개 들면 선볼라꼬오

전통사회 풍속에서 사윗감 총각의 선보기는 전해지지 않고 있다. 거의 다 며느릿감을 선보는 풍속으로, 매파를 시키거나 친지 여자가 방물장수로 위장하여, 어떤 사유로든지 처녀의 집에 머물면서 처녀가 무자상(無子相)이 아닌지, 아들 잘 낳을 상인지를 알아보았다.

물론 '며느릿감 선은 안사돈감 선부터 본다'는 말대로 처녀 어머니의 인품이나 그 집안 인심과 가풍을 전해듣고 짐작도 하지만, 박가분이나 동동구리무 장수나 금박고름 장수 등으로 위장하여 하룻밤을 유하려다가 병이 난 체 며칠을 머물면서 신붓감 처녀를 살피는 풍속도 있었다.

『박물지』나 『증보산림경제』에서 전해지는 13구(俱)의 상(相) 보기는 처녀의 아름다움보다는 생김새가 자녀 출산을 잘 해낼 수 있느냐에 집중되어 있다.

이 노래처럼 처녀가 베 짜는 모습을 멀리서 바라보기도 했다. 이렇게 처녀인 여성만 선보이는 남성 우위의 풍속에서, 점차 동시에 총각과 처녀가 맞선 보는 풍속으로 발전하였다.

짱아

짱아 짱아 고추짱아
그리로 가면 죽느니라
이리로 오면 사느니라

짱아 짱아 꽁옹꽁옹
앉은뱅이 꽁옹꽁옹
절름발이 꽁옹꽁옹
앞집 방아 꽁꽁
뒷집 방아 꽁꽁

찧어내니 입쌀이요
지어내니 이밥이지
먹고 나니 맛이 좋고
누고 나니 서분하네

짱아는 잠자리의 별칭이었다. 고추잠자리나 메밀잠자리를 잡아서 뒤꽁지를 잘라 밀짚이나 보릿짚 한 토막을 끼워 날리면서 '시집보낸다'고 했다. 요즘 같으면 환경보호에 어긋나는 잠자리 학대에 해당되는 이런 놀이로 심심함을 달래던 옛 아이들이 불렀던 동요이다.

후에 방아찧기와 결합시켜서 부르기도 했는데, 방아는 쌀이나 쌀밥과 관련되므로 먹는 음식이 귀했던 시대의 아이들답게 입쌀(쌀)과 이밥(쌀밥)으로까지 이어지게 불렀다.

방아로는 디딜방아, 절구방아, 연자방아, 맷돌방아 등이 우리나라 전역에서 사용되었다. 디딜방아는 나무가 자라 중간 부분에서 두 가지로 갈라진 것을 이용하여 만들었는데, 돌로 만든 곡식을 넣는 호박, 방아 몸체, 호박 속의 곡식을 찧어내는 방아공이 세 부분으로 이루어져 있다. 부녀자들이 두 갈래의 디딜방아 가랭이 끝부분을 밟아 방앗고를 들었다가 놓음으로써 방앗고가 호박 속의 곡식을 쏴서서 껍질을 벗기거나 가루로 바수었다.

절구방아는 단단한 돌이나 통나무의 중앙에 구멍을 파서 곡식을 넣고, 둥글고 긴 나무토막을 다듬어 방앗고를 만들어서 찧는 생활기구였다. 연자방아는 두 개의 큰 돌을 소나 말, 나귀가 돌려서 곡식을 찧는 것이었고, 맷돌방아는 아래위 짝으로 된 두 개의 돌 사이에 알곡식을 부어 가루로 바수는 방아로, 주로 맷돌이라고 불렀다.

게

밥 하그라

죽 쑤거라

밥 하그라 죽 쑤거라

부글부글 게거품이

죽 쑨 게냐 밥 한 게냐

네미 내비 잡혀간 뒤에

원미(언제) 죽 쒀 가겠다노

전통사회의 노래는 자연물이 주제인 것이 많았다. 무논이나 못에서 자라는 게, 바다 갯가에서 잡는 게의 거품질이 밥 끓는 물이 넘치거나 죽물이 넘치는 것과 흡사한 점에 착안하여 노래한 것으로 보인다.

게는 뼈에 해당되는 껍질이 밖으로 나와 있어, 우리 출산 풍속에서는 임신부가 절대로 먹지 않는 것이었다. 『동의보감』이나 『규합총서』와 비슷한 내용의 여러 의서나 여성교육서에도 임신부의 금기식품으로 등장한다. 아마도 껍질이 밖으로 나와 있다는 점이 태아의 비정상적인 발육에 영향을 미칠 것으로 생각한 것으로 유추된다.

또한 평소에도 게나 가재 등 갑각류는 설탕이나 꿀 등 단맛 나는 음식과 같이 먹으면 살이 썩는다 하여 피했다.

까치 노래

까챠 까챠
내 헌 이 가져가고
니 새 이 날 다고

여의차 여의차 동아줄을 댕겨라
우리 바우 동아줄은 금동아줄
우리 바우 동아줄은 은동아줄
천석지기 만석지기 부럽지 않다
여의차 여의차 동아줄을 댕겨라

웃니 빠진 갈간지
아랫니 빠진 벅수이
우물 곁에 가지 마라
두레꼭지 땟꼭하면
붕어 새끼 놀라 뜬다

까작 까작 까까작
반가운 손이 오실라나
그리운 부모님 오실라나
그리운 동기(형제) 오실라나

까작 까작 까까작

정든 신랑 오실라나

고운 내 딸 올랑갑따

친정 근친 올랑갑따

보고 저워 올랑갑따

어메 아배 보고 저워

형아 동생 보고 저워

까짝까짝 올랑갑따

꺼적꺼적 올랑갑따

까치는 아이들의 이 빼기나 새 이가 나는 것을 도와주는 날짐승으로 알려졌다. 그래서 아이들의 이 빼기나 새 이가 돋아나는 것은 언제나 까치와 관련되어 있음을 동요에서 알 수가 있다.

까치는 동요에 특히 자주 등장한다. 아마도 전통적으로 까치를 영험한 길조로 인식했던 데에 근거하였으리라. 민화에서도, 평소에 살생으로 살아가는 호랑이가 섣달 그믐날 하늘의 옥황상제에게 올라가 지상의 모든 것을 고하는 전령사인 까치에게 아부하는 모습이 자주 그려졌다.

이처럼 까치는 우리 전통문화에서 하늘의 신과 지상의 인간을 비롯한 모든 생명체의 삶을 전달하고, 기쁜 소식을 전해주고, 치병 즉 병을 고치기도 하는 신령한 힘을 가진 것으로 여겨졌다. 이런 우리 전통문화가 이 동요에 다 담겨 있다.

까치는 번쩍거리는 것은 무엇이나 물어다가 제 집에 모으는 습성이 있는 새로 알려져 있다. 그래서 까치집의 나뭇가지를 만지면 노름판에서 돈을 딴다 하여, 노름판에서 돈을 딴 사람의 돈을 조금 얻는 개평꾼이나 노름판을 벌여주고 돈을 받는 집에서는 까치집을 헐어다가 그 가지를 하나씩 노름꾼들에게 팔기도 했다고 한다. 또는 노름꾼들이 까치집이 있는 나무 밑에다 오줌을 누면 재수가 붙어서 돈을 딴다는 소문도 있어, 까치집을 달고 있는 나무는 뜨거운 오줌발 탓에 죽는다고도 했다.

또 까치 작(鵲)자가 벼슬 작(爵)자와 발음이 같아 까치집이 있는 나무 근처에 사는 처녀와 혼인하면 신랑의 벼슬길이 순탄하다고도 전해져서 근처에 까치집이 달린 나무가 없는 집의 처녀와는 혼인을 꺼리기도 했다고 한다.

이렇게 까치는 전통적인 통념상 우대를 받아, 과거길에 까치를 구해주고 급제한 선비의 이야기도 많이 전해지고 있다.

이거래 저거래

이거래 저거래 각거래
천도 만도 두만도 짝바리 행군
도래 줌치 장도칼
소마이 줌치
꼬빡

하네나 두네나
진데 모데
회반 깎아 두루미창
원 유 채

이거리 저거리 각거리
천사 만도 주머니 끈
똘똘 말아 장도칼
진떼 역성 낭
닷 돈 오 푼

이거래 저거래 각거래
통시 방구 똥방구
도래 줌치 장도칼

원 유 채

한 알대(1) 두 알대(2)
삼사(3) 나그네(4)
영남(5) 거지(6)
탈대(7) 장군(8)
구드레(9) 뺑(10)
똥기(11) 땡(12)

이거리 저거리 각거리
인사 만사 주머니 끈
똘똘 말아 장도칼
애 장도 허리띠
제비 딱딱
오 감 주

이거리 저거리 각거리
진주 망건 또망건
짝바리 휘양건
도래 줌치 장곳간

무밭에 무서리
콩밭둑에 콩서리
칠팔월에 구서리
동지섣달 대서리

안나 반나
엥기 딱지
구루 문장
군맛 단지 철

한 콩 두 콩
연질 녹두
가매 꼭지
섬에 딱콩

한 가래 두 가래
대천 가래 목딸
지갈 나비 신장
모래 도래 충청감사
가마 때 콩

이거리 저거리 갓거리

동사 맹군 두맹근

서울 뿔딱지 한 잔 못 얻어먹은

그태이 불러내라

울탕 졸탕 가물현

뚱땡이 깡

하나 사나

머구 대구

신대 머리

둘며 잡고

호번 가자

한 다리 인 다리

거청 대청

윈님 사설

구우러 아월

한 장 맡디

내두 다녀

알롱달롱

지둥이 척

한 다리 인 다리 애복다리

느그 삼춘 어디 갔냐

하산으로 따알(딸기) 따러 갔단다

옥금 족금 무수 땡

한둥 거리 두둥 거리

쪼록쪼록 감씨능금

다래 아아

어른

엇비슷한 내용의 수많은 동요가 〈이거래 저거래〉로 발견되었다. 장난감이 없었던 시대에, 아이들이 서로 마주 앉아 자신들의 두 다리를 엇갈려 뻗고 술래 아이가 다리를 짚어가면서 이 노래를 불렀다. 노래를 다 부르고 나면 술래 아이가 마지막으로 짚은 다리는 오그리게 되는데, 먼저 두 다리 모두를 오그린 아이가 이겼다. 나중까지 다리를 오그리지 못한 아이는 벌로 꿀밤을 먹거나 노래를 부르거나 원하는 또래 아이를 업어주기도 했다. 심할 경우 집에 가서 제사에 쓰려고 감춰둔 곶감이나 과일 등 먹을 것을 가져오는 벌을 받기도 했다.

주로 겨울철에 추워서 밖에서 놀지 못하고 방 안에 모여서 놀 때, 장난감이 없고 연이나 윷을 만들 수 있을 만큼 자라지 못한 어린아이들이 자기들의 두 다리를 가지고 이런 노래를 부르며 놀았다.

나물 노래

나물 나물 무신 나물
한 푼 두 푼 돈나물 / 쑥쑥 뽑아 나싱개
이개 저개 지칭개 / 잡아뜯어 꽃다지
오용조용 말매물 / 휘휘 돌아 물레동아
길에 가면 질경이 / 골에 가면 고사리
대궁 꺾어 고사리 / 나립 꺾어 고사리
어영부영 활나물 / 한 돌 두 돌 돌나물
매끈매끈 기름나물 / 돌돌 말여 고비나물
칭칭 감아 감돌래 / 쑥쑥 뜯어 쑥포기
여영저영 말맹이 / 미끈미끈 (쇠)비름나물
씁다 써도 씀바귀 / 가슬까슬 참비름나물
진미 백숙 잣나물 / 만병통치 삽추나물
황기 만구 시금치 / 사시 장춘 대나물
한두 뿌리 도라지 / 잘근잘근 잔대쌌
수리수리 수리취 / 먹고 취해 취나물
덕지덕지 더덕나물 / 홰홰 친친 홰나물
고찌고찌 꼬짓개 / 껑충껑충 꿩의다리
먹고 죽어도 죽나물 / 따끔 가시 드릅나물
(……)

옛날에는 산과 들에 자생하는 약초나 독이 없는 야생의 나물도 채소로 사용되었다. 주로 여아들이나 부녀들이 봄에 산이나 들로 나물을 캐러 가서 즉흥적으로 지어서 부른 〈나물 노래〉는 나물 이름이나 나물의 맛, 생김새 등의 특징을 포착하여 이름 지었다. 어휘력의 발달은 물론 사물의 특징을 포착해내는 감각의 발달을 자극했던 이 〈나물 노래〉도 부녀자들이 아이들과 함께 불렀다고 한다. 전래 노래의 특징 그대로 끝이 없어서 누구나 지어 덧붙여 부를 수 있었으므로 모두가 작사자이자 소리꾼이 될 수 있었다.

박

초가지붕에 조랑박
기와지붕에 보름달박
뒷간 지붕엔 똥박
뒷간 지붕엔 통시박
방앗간 지붕에 됫박

우물가에 두레박
기둥 위에 뒤웅박
물독 속에 조롱박
우물가에 쪽박가지
쪽박샘엔 쪽박가지
걸뱅이 손에 깨진 바가지
물 떠먹는 표주박
싸전(쌀 파는)가게 쌀 됫박
한 바가지 두 바가지
석 바가지 넉 바가지
양식 없다 바가지 긁어라
뒤주 바닥에 바가지 긁어라

이 동요는 박바가지의 여러 종류와 용도와 장소에 따른 이름의 차이 등을 절묘하게 표현한 것으로 아이들의 연상력, 어휘력, 상징과 비유력을 키우는 교육효과가 매우 크다고 본다.

긴 줄이 달린 두레박을 넣어서 물을 길어올리는 깊은 우물 또는 굴우물이 있었고, 우물가에 쪼그려 앉아서 쪽박이나 쪽바가지로 물을 길을 수 있는 얕은 우물도 있었다. 간혹 냇물을 그냥 물항이에 퍼담아 식수로 사용하는 내우물도 있었다.

바가지는 주로 여성들이 부엌 살림에 사용하였는데, 박을 따서 만든 박바가지는 일명 고지바가지라고도 했다. 그러나 한 해 정도만 사용하면 금이 가고 깨어지기 쉬워서, 무거운 것을 담아 나를 때는 통나무의 속을 파서 만든 나무바가지를 사용하기도 했는데, 긴 자루를 달아서 사용하기 편리하게 한 여러 모양새의 나무바가지들이 있었다. 쇠죽 풀 때 뜨거운 열기를 피하기 위해 손잡이 자루가 길게 달린 쇠죽바가지, 곡식을 붓거나 물건을 되는 되바가지가 있었고, 뒷간 푸기에 쓰이는 똥바가지는 더러운 변이 손에 묻지 않도록 더욱 긴 손잡이를 달아 사용하였다.

박꽃

박가야 박가야
너의 꽃은 씁지러
나의 꽃은 달지러
박씨야 손가야
너의 꽃은 희지러
나의 꽃은 붉지러
나의 꽃이 젊은 꽃
너의 꽃은 늙은 꽃

김가야 이가야
너네 꽃은 씁지러
우리 꽃은 달지러

박꽃을 노래하면서 박씨의 성(姓)을 부르고 있다. 옛날에는 도깨비를 김서 방이라고 불렀다. 또한 발음이 유사하면 유사한 기능을 한다고 생각해서, 충 치앓이에는 딱따구리 주둥이를 이 사이에 물고 있으면 딱따구리 주둥이가 벌 레를 물어 죽여서 이앓이가 낫는다고도 했다. 또한 다리가 튼튼해야 아기를 잘 낳는다고 하여, 부녀자들의 다리를 튼튼하게 하기 위한 다리밟기, 즉 답교 놀이가 있었다. 한 예가 수표교의 다리밟기였다. 또 다리운동이 되는 그네뛰 기, 널뛰기도 있었으니, 모두가 여인네의 다리 힘을 강화시키는 데 효과적이 었다. 농담으로 어린아이들을 '다리 밑에서 주워왔다'고 하는데, 이는 건너다 니는 다리와 음이 같은 여인네의 다리 밑을 의미한다. 박꽃을 보고 '박가야' 하는 것도 이런 맥락에서 해석될 수가 있을 것이다.

또한 자기 꽃과 남의 꽃의 차이를 자기 것에 유리하게 비유했다. 이런 비유 가 〈자장가〉에서도 나타나 "앞집 애긴 못난 애기 우리 애긴 잘난 애기" 등의 내용이 나오고, 〈꼬부랑 할미〉에서도 "니 똥 먹고 천년 살가 내 똥 먹고 만년 살지" 하는 내용이 있다.

박은 흔히 지붕 위로 박줄기를 올려서 키우는데, 해질녘에 흰색의 홑꽃을 피우고, 이 꽃에서 바가지가 되는 박이 열린다. 열린 박이 익으면 따서 솥에 삶아 두 쪽으로 쪼개서 속을 파내고 거죽만을 바가지로 사용했다. 박 속은 말 려서 나물반찬으로 먹었는데, 이를 박나물이라고 한다. '박 속 같은 살결'이 라고 하면 매우 고운 피부를 비유했다.

이 노래도 생각나는 성씨들을 무한정 이어가며 불렀던 노래의 하나였다.

이 뽑기

어여차 어여차
동아줄을 댕겨라
우리 바우 동아줄은 금동아줄
우리 바우 동아줄은 은동아줄
천석지기 만석지기 부럽지 않다
어여차 어여차 동아줄을 댕겨라

댕겨라 댕겨라 동아줄을 댕겨라
우리 똘똘이 동아줄은 금동아줄
우리 개똥이 동아줄은 은동아줄
천석군 동아줄 만석꾼 동아줄을
댕겨라 댕겨라 동아줄을 댕겨라

까치야 까치야
내 헌 이 가져가고
니 새 이 날 다고
까챠 까챠
내 헌 이 줄게
네 새 이 날 다오

윗니 빠진 건 갈강아지
아랫니 빠진 건 법수이
윗니 빠진 중강새 아랫니 빠진 법수이

앞니 빠진 덧니빠이 우물 곁에 가지 마라
두레꼭지 딸꼭 하면 붕어 새끼 놀라 뜬다

'자식은 오복에 안 들어도 이는 오복에 든다'는 속언이 있을 정도로 치아는 개인의 건강을 좌우한다고 알려졌다. 치아가 건강한 사람은 잘 씹어먹을 수 있어, 소화가 잘 되어 내장이 튼튼하니 건강할 수밖에.

옛적으로 올라갈수록 치아는 영명함과 건강함의 상징으로 인식되었다. 예컨대 『삼국유사』에는 신라의 유리왕과 탈해왕에게 부왕이 왕위를 물려줄 때, 누가 더 덕이 있는지를 알아내는 방법으로 치아 자국을 사용했다. 건강한 사람이 허약한 사람보다 더 덕이 있다고 본 것일까? 떡을 베어먹게 하여 잇자국이 더 분명하게 난 유리에게 왕위를 물려주고 왕호를 '이사금(齒師今)'이라 하였으니, 치아의 튼튼함으로 왕위를 결정했다고도 본다. '니슨금' '니은금' '닛금'으로 변하여 마침내는 임금이 되었다고도 본다.

치아갈이는 아이들에게 매우 중요하고도 겁나는 발달과업이다. 그래서 흔들리는 치아를 즐겁고 쉽게 뽑아주어서, 덧니가 나지 않도록 하자는 의도에서 만들어진 놀이 노래로 본다. 병원이 없었던 옛날에는 할머니나 어머니가 아이를 꾀어 흔들리는 이를 실로 묶고는 문고리에 매달아서 잡아당겼다 놓았다 하면서 영차 어영차 노래를 부르다가 갑자기 잡아당겨서 부지불식간에 이를 뽑았다. 아이가 이를 빼는 통증을 잠깐 느끼는 순간에 이미 이 뽑기는 끝난 것이다.

이렇게 뽑은 이는 영험한 날짐승인 까치에게 주면서 새 이를 가져다달라고 부탁했다. 지방에 따라서는 헌 이를 아궁이에 넣으면서 위의 동요를 부르기도 하고 지붕 위에 던지면서 부르기도 하였는데, 아직 통증이 남아 있는 듯 놀란 아이가 울먹이면서 이 동요를 부르기도 했다.

또한 이를 뽑은 아이의 어색한 입 모양을 놀리는 노래도 엇비슷하게 여러 가지로 발견되고 있는데, 이는 큰 아이가 어린아이를 놀리는 동요이기도 했다.

바우는 남자아이를 막 부르는 아명으로, 바위처럼 오래 살라고 또는 바위의 막강한 힘을 빌려 아이를 노리는 귀신을 겁주기 위해 지은 것이다. 옛날에는 의학이 발달하지 않아 아동 사망률이 매우 높았다. 그래서 아기를 낳으면 바로 정식 이름인 관명을 지어주지 않고 막 부르는 아명을 지어주었는데, 건강하게 오래 살아달라는 어른들의 소망과 기대를 아명에 담았다. 그러다가 서너 살쯤 자라거나 점잖은 나이가 되었다 싶으면 돌림자, 즉 항렬자를 넣어서 관명을 지어 불렀다.

남자아이의 아명에는 바우 외에도 도치(도끼), 개똥이(고종황제가 사가에서 자랐기 때문에 아명이 개똥이었다고 전해진다), 쇤지(송아지), 똘똘이(돼지), 차돌이, 빼이(한자에 '빼' 자가 없으니 귀신이 몰라서 못 잡아간다고 하여), 돌이, 뚜껑이, 범이(호랑이 꿈이 태몽인 경우), 또범이(범이 동생), 용이(용신에게 제사하여 낳은 아들) 등이 있다. 귀신을 겁주거나 매우 천하고 더러운 이름으로 귀신의 노림을 피하려고 한 것이었다.

여자아이의 경우는 장수를 기원하는 아명으로 확실이, 개시(개똥이), 분이(똥 분糞, 또는 불협 분忿), 명이(목숨 명命), 복순이, 순점이 등이 있고, 다음에 남자 동생을 얻으라고 놈세(놈을 세우라고), 후자, 후남이, 후불이, 차남이 등의 아명을 붙였고, 아들인 줄 알았는데 딸이어서 분하다고 분이, 또분이, 섭섭이, 또섭이, 딸은 그만 낳으라고 딸고만이, 막딸네, 딸맥이, 필녀, 양념이(딸은 양념 정도만 필요하다고), 마게 등으로 불렀다. 여자아이의 아명은 나이가 들어도 관명인 정식 이름으로 바꿔주지 않고 내처 부르다가, 혼인하면 친정에서는 김실이, 서울집, 박실이, 이실이 등 시댁 성씨나 시집 마을 이름에다 집 실(室) 자를 넣어서 불렀고, 시댁에서는 친정 마을의 이름에다 집 택(宅)자를 넣어서 서울댁, 대구댁, 전주댁 등으로 불렀다.

단지팔이

단지 사소 단지 사소 우리 똥단지를 싸게 사소

그 단지 얼매요

한 푼만 주십쇼

아이구 똥냄새야 오줌 냄새 똥냄새에 방구 냄새 구린 냄새

그 단지 안 살라요 거저 줘도 안 살라요

안 사기는 왜 안 사요 산다 카고 왜 안 사요

냄새 나서 못 살시더 구린 냄새 지린 냄새

똥냄새 오줌 냄새

통시 냄새 뒷간 냄새

거름 냄새 방구 냄새

아이구 냄새 나요

얼른 절른 가버리소

멀리 퍼뜩 가부리소

싸게 가소 얼른 가소

써억 안 가면 때릴라니더

작대기로 패댈라니더

맞아봐야 알리껴 어엉?

배변훈련을 준비하는 시기의 아기에게, 대소변은 불결하고 모든 사람이 다 싫어서 피하는 것임을 가르치는 놀이용 동요였다. 먼저 아기를 보는 형이나 언니, 또는 애보개인 언년이가 아기를 옆으로 등에 지듯이 업고 다니면서 단지를 싸게 판다고 외친다. 다른 아이들이나 어른들이 와서 단지 값을 물으면, 아기를 업은 큰 애가 가까이 다가간다. 그때 단지장수를 불렀던 이들이 소변과 대변 냄새가 난다고 손을 내저으면서 쫓아내거나 때리는 시늉을 하여 달아난다.

이런 놀이를 통해 아기는 대소변은 냄새가 고약스러워 모든 사람이 싫어한다는 것을 깨닫게 되어, 대소변 가리기 훈련에 적극 협조하게 된다고 한다.

프로이트(Freud)나 에릭슨(Erikson) 등의 발달심리학자들에 의하면, 항문기(肛門期)의 대소변 가리기 훈련은 제2의 성격발달단계에서 매우 중요한 것으로, 이 발달과업을 성공적으로 수행하느냐 못 하느냐에 따라 훗날 어른이 되었을 때의 창의성, 생산성, 열등감, 수치감, 자발성 등의 기초가 형성되어, 아동기 이후의 삶에 긍정적, 부정적 영향을 미치게 된다고 한다.

부꿍이

부꿍아 부꿍아
네 집 지어주마
내 집 지어다고

두껍아 두껍아
집 지어라
황새야 황새야
물 길어라

아이야 아이야
저녁밥 지어라

필자가 이 동요를 수집하던 1970년대 여름만 해도 아랫도리를 벗은 서너 살 짜리 사내아이들이 강가 모래밭에서 이 동요를 부르면서 부꿍이 집을 지었다가 허물곤 했다. 모래 속에 왼손을 넣고 오른손으로 왼손 위에 모래를 자꾸 부어가며 두드리고 눌러서 단단해지면 왼손을 아주 살짝 빼는데, 그때 왼손이 들어 있던 모래 속에 빈 공간이 생긴다. 이를 '부꿍이 집'이라고 했다. 이 손구멍이 오래 남아 있는 아이가 먼저 허물어지는 아이를 이기는 내기놀이이기도 했다.

두꺼비는 '떡두꺼비 같은 아들 낳아라'는 덕담이나 축원에서 보듯, 평소 복된 이미지의 생물로 자식복과 재물복 지킴이의 상징으로 인식되었다. 그래서 비 오는 날 두꺼비가 집 안으로 들어오면 아주 좋은 징조로 보았다. 며느리가 아들을 임신하거나 재산이 불어날 조짐이라고 좋아하기도 했다.

달 속에서 항아(姮娥)가 두꺼비가 되어 산다고도 믿었다 하는데, 고구려 벽화 속에도 토끼와 두꺼비가 그려져 있다. 전해지는 얘기로는 하늘임금에게 벌을 받고 인간으로 내려온 남편이 서왕모(西王母)에게 빌어 불사약 두 알을 얻었는데, 두 알을 다 먹으면 하늘로 올라갈 수 있어, 그의 아내가 혼자만 승천하려 두 알을 다 먹어버렸다. 그러나 승천하여 하늘로 갈 수 없는 죄인이라 달 속, 즉 월궁으로 갔는데 하늘신이 노하여 그녀를 두꺼비로 만들어버렸다. 이 두꺼비가 월궁의 항아라 한다.

두꺼비와 여우가 떡을 만들어 먹다가, 욕심을 부려 떡을 다 먹어버린 두꺼비 때문에 먹을 것이 없어진 여우가 화가 나서 두꺼비 등에 떡고물을 뿌렸는데, 그것 때문에 두꺼비 등이 우둘투둘 흉한 모양이 되었다는 얘기도 있다. 이런 욕심스러움이 재물복으로 인식된 듯하다.

옛날 부여국의 임금이 아들이 없어 명산대천을 다니며 기도하였는데, 어느 날 길을 가다가 말이 바위 앞에서 걸음을 멈추었다. 그 바위 밑에서 번쩍거리는 금빛이 새어나와서 신하들을 시켜 바위를 밀쳐보니 금두꺼비 한 마리가 있어, 궁으로 가져다놓았더니 옥동자로 변했다. 왕은 그를 금와(金蛙, 금두꺼비)라고 이름 짓고, 신이 자기 아들로 주신 것으로 생각하고 왕위를 물려주었는데, 그가 곧 금와왕(金蛙王)이었다고 전해져, 두꺼비는 더욱 영물시되었다.

두꺼비는 혈거(穴居)동물, 즉 구멍 속에 사는 파충류로, 죽지 않고 껍질만 벗으면 다시 젊어지는 탈피 갱생(脫皮更生)의 장수하는 동물로 영험시되었고, 생김새는 징그럽지만 판소리에도 〈두꺼비 타령〉이 있을 정도로 좋은 상징으로 인식되었다. 또한 온도 차이가 심한 빨랫돌을 베고 자면 입이 한쪽으로 돌아가는 와사증에 걸리는데, 이때는 두꺼비를 빈 양철통에 잡아넣고 작대기로 두드리면 놀란 두꺼비가 오줌을 싸는데, 그 오줌을 돌아간 입에 바르면 와사증이 낫는다고 하여 그 영험성이 더욱 숭상되기도 했다.

황새는 여름철 무논에 나타나서 벼를 해치는 물벌레들이나 달팽이를 잡아먹어 길조로 보았고, 생김새가 우아하여 아름답게 인식된 새이다. 이 동요는 이렇게 옛날 생활 주변에서 쉽게 볼 수 있었던 동물들을 포함시킨 노래이다.

눈병 고치기

까치야 까치야
니 새끼 우물에 빠졌다
주걱으로 건질래
두레박으로 건질래
이밥 먹고 조밥 먹고
쒜에 쒜에

까챠 까챠
물에 빠진 니 새끼 건져줄 테니
내 새끼 아픈 눈 나숴다고
고기하고 이밥하고 줄게
많이 줄게
한거(가득히 많이) 줄게

아이들이 놀다가 눈 속에 이물질이 들어가면 주로 할머니나 어머니한테로 간다. 우리 몸 중에서 가장 부드러운 부분이 혀라는 사실을 잘 아는 할머니나 어머니들은 아이의 눈꺼풀을 까뒤집고는 자신의 혓바닥으로 아기의 눈 속을 핥아주었다. 다행히 눈 속의 무엇이 혓바닥에 묻어나오기도 하지만, 잘 나오지 않을 때는 영험한 능력을 가진 친숙한 텃새인 까치에게 부탁했다.

우리의 전통문화에서는 까치를 길조로 인식했다. 아침에 까치 울음소리를 들으면 반가운 손님이 찾아온다든지, 기쁜 소식이 있을 것으로 안다든지…… 그래서 근처에 까치 둥지가 없는 집에 사는 사람과는 혼인을 안 한다는 속언까지 있었을 정도로, 까치는 옛사람들에게 호감을 얻었다. 칠월 칠석 견우와 직녀가 만나는 오작교는 까마귀 오(烏)자와 까치 작(鵲)자의 결합이며, 견우와 직녀가 그들의 머리를 밟고 간 탓에 대머리가 되어 돌아오기도 한다고 했다.

보통 병을 치료하기 위해서 까치집을 달여 마시기도 했는데, 그래서 눈병 치료와 헌 치아를 새 이로 바꿔주는 것도 까치에게 부탁하는 동요가 생긴 것이다.

까치는 은혜를 갚을 줄 아는 의리의 날짐승으로 알려져 있다. 옛날 어느 선비가 과거 보러 가는 길에 뱀에게 감겨 죽을 지경의 까치를 발견하고는 활로 뱀을 쏘아 살려주었는데, 밤중에 자다가 숨이 답답하여 눈을 떠보니 낮에 선비가 죽인 뱀의 배필이 그의 몸을 감고 물어 죽이려 했다. 뱀은 그러나 뒷산 절간의 종을 세 번 울려주면 죽이지 않겠다고 했다. 그 뱀은 천년 묵은 뱀으로, 낡아서 향화(香火)가 끊긴 뒷산 절간의 종소리를 세 번 들으면 용이 되어 승천할 수 있는데, 선비가 까치 새끼를 잡아먹으려는 남편 뱀을 활로 쏘아 죽였기로 원수를 갚겠다는 것이었다.

이때 갑자기 뒷산 절간의 종이 세 번 울리더니 뱀은 용이 되어 날아갔다. 아침에 일어나 뒷산 절간에 가본 선비는 깜짝 놀랐다. 어미 까치와 그의 새끼 두 마리가 종신에 머리를 부딪쳐 종을 울려 선비를 구하고 죽어 있던 것이다.

사실 까치와 뱀은 천적 관계로, 까치가 나무의 높은 곳에 집을 짓는 것은 천적인 뱀이 기어올라와 새끼를 잡아먹지 못하도록 하려는 보호본능이라고 한다.

민간에서는 까치 둥지가 있는 나무 아래 집을 짓고 살면 부자가 되고, 무슨 병이든 일단 까치집을 태우면 낫는다고 하여, 까치가 둥지를 틀기 좋은 참죽나무를 집 주위에 심어 키우기도 했다.

과거길에 까치 소리를 들으면 등과한다고 했는데, 이는 까치 작(鵲)자와 벼슬 작(爵)자의 발음이 같아서가 아니었을까? 노름판에서도 까치 둥지의 나무 한 토막을 뽑아 냇물 속에 넣고 거꾸로 밀어올리면 돈을 딴다고 하여, 노름방 근처에는 까치집이 다 헐리고, 노름방을 빌려주는 주막집에서는 까치 둥지의 나무토막이라 하여 나뭇가지를 팔기도 했다고 한다.

눈 노래

눈이 온다 펄펄
함박눈이 함빡
싸락눈이 싸록싸록
진눈깨비 질척질척
떡쌀가루 쏟아진다

떡 해먹자 백설기떡
흰떡 가래떡을
시루떡을 인절미를
송편하고 절편하고
조약떡하고 약편하고
수수팥떡을 누워서 먹자

쑥개떡도 밀개떡도
막떡하고 마구설기하고
막버무리 떡을

한 마당에 두 마당에
자꾸자꾸 쌓이거라
눈사람도 떡으로 짓고

집도 절도 떡으로 지어

너도 먹고 나도 먹고

돌려 먹고 나눠 먹고

같이 먹고 혼자 먹고

갈라 먹고 한 번에 먹고

두고 먹고 구워 먹고

지져 먹고 볶아 먹고

쪄서 먹고 데워 먹고

혼자 먹고 같이 먹고

앉아서 먹고

서서 먹고

누워서 먹고

자면서 먹고

깨어서 먹자

놀며 먹고

일하며 먹고

글 읽으며 먹고

똥누며 먹자

높은 산과 낮은 산이

흰 모자를 쓰고 있다

떡가루를 둘러썼다

나무도 풀도

니도 나도

배 터져서 죽겠구나

배가 터져도 좋으니라

떡 먹는 거 좋으니라

떡보야 먹보야

바보야 울보야

곰보야 째보야

너그들도 나와서

떡 먹어라

떡 받아먹어라

눈이 많이 오면 풍년이 든다고 했다. 즉 겨울에 눈이 많이 오면 가을에 심은 갈보리가 눈 속에서 얼지 않기 때문에 보리농사가 잘된다고 했고, 눈이 많이 오면 마음이 풍성해져서 그런 풍년을 기대하게도 되었다고 한다. 눈은 다음해 내릴 비와 상관이 있어, 눈이 많이 오면 다음해 농사에 필요한 물을 공급해주는 비도 풍족히 내려, 풍년이 약속된다고 했다. 그래서 눈은 겨울 인심을 풍요롭고 너그럽게 해주었다고 한다.

농사기술이 발달하지 않아 양식과 음식이 늘 모자라던 시대, 양껏 먹고 싶은 아이들의 소망을 엿보게 하는 동요이다. 눈가루가 마치 쌀가루 같아서, 평소에는 먹을 수 없는 별미인 떡을 실컷 해 먹는 것을 연상시켰다.

각종 떡의 이름과 눈 오는 날의 산천의 모습을 담은 동요로, 마치 〈쾌지나 칭칭 나네〉나 〈강강수월래〉를 부르는 식으로 어느 부분에 이르면 빠른 속도로 불러서 한결 노래 맛을 돋우기도 했다고 한다.

널뛰기

허누작 척시루
척시루 니 머리 흔들
내 다리 살짝
허누작 척시루
니 댕기 팔랑
내 치마랑 너풀
허누작 척시루
니 눈이 훼이
내 발이 알알

널뛰기는 농사일을 모두 쉬는 정월의 민속놀이였다. 농사일을 준비하지 않
아도 되는 겨울철이기 때문에 놀 수가 있어서 정월·이월은 '노달기'라고도 불
렀다.

널뛰기 노래는 부녀자들의 그네뛰기 노래와 흡사하게 그려지고 있다. 부녀
자들의 다리 힘을 길러 다산력·출산력을 강화시켜주기 위해서 생겼다는 널뛰
기나 그네뛰기, 답교 등의 놀이에 노래를 곁들인 것으로 부녀자들의 부요였다.

바늘

길로 길로 가다가 바늘 한 개 주웠지
이 바늘을 버릴까 아니 아니 휘어보자
낚시 하나 만들어서 봇물에다 던졌더니
고기 한 눔 물렸네 잉어 하나 물렸네
물을 붓고 국 끓여 삼 년 동안 두고 두고
맛있게도 냠냠

이 동요는 〈세상 달강〉과 비슷한 노랫말로 되어, 아마도 지방 차이로 이런 노랫말의 차이가 생긴 것이 아닐까 짐작된다.

소라고둥 줍자

고올부리(골뱅이) 주웁자
남간딱지 주웁자
소라고둥 주웁자
남간딱지 주웁자

여름 낮, 강이나 냇물에서 목욕하고 수영을 즐기는 어린아이들이 불렀다.
소라, 고둥, 골뱅이, 올갱이, 남간딱지는 모두 같은 사물의 다른 이름이다.
1960년대에도 고무신에 골뱅이를 주워모으면서 이런 동요를 불렀다.

찔레

찔레 먹고 찔찔
고추 먹고 고고고
다룽개(달래) 먹고 달달
나승개(냉이) 먹고 나서자

　

찔레나무는 봄철에 새순이 여럿 돋아나고 하얀 꽃도 핀다. 새로 돋아난 새순을 꺾어서 먹는데, 이를 찔레 먹는다고 했다. '농자천하지대본(農者天下之大本)'이라는 농본사상이 있었지만 농사기술이 발달하지 않아 양식이 늘 부족했던 옛날, 늘 배가 고팠던 아이들이 시장기를 달랠 먹을 것이나 군것질거리를 산야의 자연식물에서 구했던 모습을 보여주는 동요이다.

찔레를 꺾어 먹는 아이들이 불렀던 동요로, 고추는 매운 성질 때문에 '고고고', 달래는 마늘 맛과 비슷하나 달래라는 발음으로 '달달', 냉이는 '나승개' '나싱개' 등으로 불러 '나서자'로 끝마무리를 했다.

또한 봄철 냉이나 달래 등 봄나물을 캐러 산이나 들로 다니면서 불렀던 여아들의 동요이기도 하다. 어휘연상력, 발음연상력의 발달에 효과적이었을 것으로 해석된다.

헤엄치기

참빗 줄게 볕 나라
얼래빗 줄게 볕 나라
닭 잡아줄게 볕 나라
양푼 줄게 볕 나라

여름철에 아이들이 강물이나 냇물에서 헤엄을 치다가 날씨가 변하여 몸이
추워지면 구름 속의 해를 불러내느라고 불렀다는 동요이다. '볕 나라' 는 '햇
볕이 나거라' 를 의미한다.

또 소낙비나 물놀이로 젖은 옷을 돌이나 나뭇가지에 널어 말리면서 햇볕을
불러내는 동요이기도 했다.

말 탄 신랑 꺼어떡

전래동요—옛날 남아들의 노래

영감

영감아 땡감아 땡전 한 푼 없는 감아

땡초하고 땡감하고 누가 더 땡땡이냐

영감님 아다마는 후둣볼 대가리

밤중에 놋요강단지 구별이 안 돼요

영감님 대가리는 사기요강 대가리

할머니가 올라타면 강물이 촬촬

영감님 대가리는 후둣볼 대가리

운동장에 나가면 공차기하지요

영감님 아다마는 공산명월 아다마

오밤중 불 안 켜도 대낮같이 밝지요

거의 동일한 내용의 노래가 지방마다 전해지는데, '아다마'라는 일본어와 '후둣볼'이라는 영어가 사용된 점으로 미루어, 아마도 일제강점기 말이나 그 이후에 대머리 영감을 놀리면서 아이들이 불렀던 동요였으리라 생각된다.

매우 버릇없는 노랫말이기는 하나 비유로 선택된 어휘가 적절하게 사용되었다.

녹두새

아랫녘 웃녘 새야
전주 고부 녹두새야
녹두밭에 앉지 마라
두류박 딱딱 우여

새는 민중이고 두류박은 두류산을 뜻한다. 녹두새는 전봉준이 체구가 작다고 해서 붙여진 별명이고, '딱딱 우여'는 날아가라는 뜻이라 한다. 전주는 전봉준의 전씨가 왕이 되려 한다는 의미도 포함한 것으로 해석했다. 즉 동학혁명을 일으킨 전봉준이 결국은 실패하기를 기대하며 관변에서 만들어 어린아이들의 입을 통해 퍼뜨리려 한 동요였다.

봉준이 노래

봉준아 봉준아 전봉준아
양에는 양철을 짊어지고
놀미 갱갱이 패전했네

'놀미'는 그곳 말로 논산이며, '갱갱이' 역시 강경을 가리키는 토박이말로, 동학의 주모자인 전봉준이 패전할 것이라는 예언을 노래로 퍼뜨렸다고도 전한다.

이 노래는 앞의 〈녹두새〉와 마찬가지로 아이들이 즐겨 부르게 하여, 아이들의 노래를 듣고 민심이 동요되게 하여 동학군을 돕지 못하도록 하려고 관변, 즉 관아측에서 지어내어 퍼뜨렸다고 한다.

파랑새야

새야 새야 파랑새야

너 어이 나왔느냐

솔잎 댓잎 푸릇푸릇하여

봄철인가 하고 나왔더니

백설이 펄펄 날려

오동지섣달이로다

저 건너 저 청송녹죽이

이내 나를 속였네그려

역시 동학군이 패전할 것이라는 의미를 담아 지어서 아이들이 부르게 하였다고 한다. 파랑새는 동학군을 뜻하여, 푸른 솔 푸른 대나무(청송녹죽)를 보고 봄철인가 하고 나왔더니 백설이 흩날리는 엄동 추위여서, 동학군은 실패할 수밖에 없다는 뜻이라 풀이된다. 결코 전봉준의 시기가 아니라는 것을 일반 백성에게 알려주기 위해서 관청이나 진압군측이 지어서 아이들의 입을 통해 퍼뜨린 동요였다고 본다.

병신 된다

가보세 가보세 가보세나
을미적 을미적 가보세나
병신 되면 못 간다네
못 가고 만다네

조선땅의 좋다는 나무는
경복궁 짓느라고 다 들어간다

을미성 꼭대기 진을 치고
왜병정 오기만 기두린다

오라배 상투가 왜 그런고
병자년 지내고 안 그런가

논밭은 헐려서 신작로 되고
집채는 헐려서 정거장 되고

말깨나 하는 놈은 감옥소 가고
힘깨나 쓰는 놈은 북망산 간다

동학혁명을 저지하기 위해 지어졌다는 동요는 여러 가지로 발견되고 있다. 이 동요도 아이들의 입으로 부르게 하여, 동학란의 실패를 예언하게 한 관청의 참요(讖謠)라고 보는 설이 유력한데, '가보세'는 동학혁명이 갑오(甲午)년에 일어났음을 의미하며, '을미적'은 을미(乙未)년을, '병신 된다'는 병신년(丙申年)을 뜻했다고 한다. 즉 갑오·을미·병신년까지 이어질 삼 년간의 동학란, 즉 동학혁명의 미래가 실패로 끝날 것을 예언함으로써, 이에 동요되거나 가담하지 말라는 의미를 담은 참요라고 해석되고 있다.

제사상 차리기

홍동백서(紅東白西)하고
두동미서(頭東尾西)하고

어동육서(魚東肉西)하고
좌포우혜(左脯右醯)하니
조율이시(棗栗李柿)라

붉은색은 동쪽에, 흰색의 것은 서쪽에 차리고, 생선의 머리는 동쪽을, 꼬리는 서쪽을 향하게 차린다. 또 생선 등의 어물은 동쪽으로 소고기·돼지고기·닭고기 등의 육류는 서쪽으로 놓고, 왼쪽에는 북어나 대구포와 같은 포류를, 오른쪽에는 식혜 등 물기 있는 음식을 놓아 차린다. 또한 과일은 왼쪽부터 대추·밤·배·감 등의 순서로 차린다. 이렇게 제사상 차리는 격식을 노래로 엮어 남녀 아이들에게 가르쳐서, 어려서부터 암기하여 잊지 않고 실행할 수 있게 했다.

　전통사회에서는 동쪽과 남쪽은 남성 상징인 햇볕이 잘 들어 남성의 방위로, 서쪽과 북쪽은 여성 상징인 그늘이 지는 방위라 하여 여성 방위로 보았다. 또한 동쪽은 태양이 떠오르는 붉은색의 방위이고 서쪽은 태양이 지는 흰색의 방위로 보았다. 그래서 남성의 상징인 머리 부분은 동쪽으로 향하도록 하였고, 식혜 등의 물기 음식은 여성 상징으로 보아 오른쪽에 차렸다. 또한 대추와 밤은 남성 상징의 실과이므로 앞선 순위이고 배와 감은 여성 상징의 실과이므로 남성보다 뒤 순위로 놓았다. 따라서 조상신이 제사를 받아 잡수시고 먼저 아들을, 다음에 딸을 점지해주시기를 기원하는 의도도 담겨 있었다고 해석된다. 남존여비의 시대다운 발상이었다고 할 수 있다.

떡 먹기

만약에 인절미가 시집을 간다며는
콩고물에 팥고물에 분화장을 하고 하고
새빨강 쟁반 위에 올라 올라 앉아서
시집을 간다네 목구녕으로
꿀깍하고 넘어서 시집을 간다네

만약에 인절미가 두불시집을 간다며는
홀아비 보쌈에 밤중 타고
꿀깍꿀깍 목구멍 속으로
서 말 이가 득시글거리는
홀아비 이불 속으로 시집을 간다네

인절미를 만드는 과정에서 먹는 과정까지를 노랫말에 담았다. 먹는 것이 부족했고, 더구나 인절미 같은 별식은 제사나 명절이 아니면 맛보기 힘들었던 시대에, 인절미를 먹고 싶은 소망을 이런 동요로 지어 불렀으리라. 전래동요에 유난히도 먹는 음식, 특히 평소에는 먹기 어려운 별미로 떡이 자주 등장하는 것과 같은 이유로 보아도 잘못이 아닐 듯하다.

그러나 하필 왜 장가간다고 하지 않고 시집을 간다고 했을까? 여자들이 시집갈 때 분화장을 하는 것이 인절미에 떡고물을 묻히는 것과 유사했기 때문일까?

속설에 의하면 조선조 인조임금이 이괄의 난을 피해 어느 지방으로 피신하였는데, 그 지방이 매우 곤궁한 빈촌이라 하도 시장하여 백성 중 임씨 성을 가진 한 사람이 찰떡을 만들어 올렸다. 임금이 너무 시장한 터에 그 떡을 매우 맛있게 먹고 칭찬하며 떡의 이름을 묻자, 이름 없는 떡이라고만 하였다. 이에 인조임금이 이런 천하 절미에 이름을 안 지어주다니, 하며 절미(絶味)라고 하였는데, 떡을 만들어 올린 백성의 성을 따 '임절미' 라고 하다가, 세월과 함께 어느새 '인절미' 로 부르게 되었다고 한다.

뒷부분 역시 아이들의 동요에 어른들의 육담이 얹힌 것으로 보인다. '홀아비 삼 년에 이가 서 말이고 과부 삼 년에 금싸라기가 서 말' 이라는 속언으로부터, 이가 서 말인 홀아비의 이불을 등장시켜 육담의 효과를 높이고 있다.

해 노래

해야 해야 나오너라
김칫국에 밥 말아먹고
장구 치며 나오너라
북을 치며 나오너라
제금을 치며 나오너라

양재기 치며 나오라 카이
밥양푼 치며 나오라 안 카나
솥뚜껑 치며 나오라 칸다
싸게싸게 나오라 안 카나
얼른얼른 나오라 안 카나
퍼뜩퍼뜩 나오라 안 카나
빨랑빨랑 나오라 카지러
페니페니(얼른얼른) 나오라 칸다마는
(······)

여름 낮 아이들이 냇물이나 강물에서 먹을 오래 감고 나면 몸이 추워진다. 이런 때 강가나 냇가로 나와서 햇볕에 달궈진 따끈한 돌멩이나 바윗돌을 가슴에 껴안고 부르는 동요였다. 더구나 마침 해가 구름 속에 들어가서 얼른 나올 기미를 안 보일 때는, 마치 구름 속에서 해를 불러내는 주문으로 노래하듯이 합창으로 부른 동요였다. 합창은 새로운 노랫말을 덧붙이는 창작으로 이어졌다.

'양재기 치며 나오너라' '김칫국에 밥 말아먹고 나오라' 했으니, 옛날의 식생활을 알 수가 있다. 밥 담는 밥양푼이나 솥뚜껑을 타악기인 양 두드리며 태양을 불러내었다고 한다. '얼른' '싸게' '빨랑' '퍼뜩' '페니' 같이 동일한 뜻의 말을 아는 대로 넣어서 노랫말을 지어내며 불렀다. '칸다' '안 카나' '카드라' '카지러' '칸다마는' 등은 사투리로, 아이들이 웃고 떠들며 흥을 돋우기 위해 덧붙이고 바꿔가며 사용한 것이었다.

모든 전래속요처럼 이 동요도 끝이 없이 반복해서 부르거나, 부르는 아이들이 마음대로 가사를 창작 또는 개작하여 덧붙이며 부를 수 있었던 집단 노래였다. 이 점에서 아이들의 상상력이나 어휘력, 연상력 등의 발달을 자극해주는 교육 효과가 높았다고 본다.

바람 노래

바람아 바람아 불어라
대추야 대추야 떨어져라
아이야 아이야 주워라
어른아 어른아 말려라

바람아 바람아 불그레이
대추야이 대추야이 떨어지거레이
아아들아 아아들아 줍그라
어른아 어른아 야단치거레이

'불그레이'는 '불어다오'의 사투리이며, '떨어지거레이'도 '떨어져달라'의 사투리 표현이다.

장난감이 없던 옛날에는 달·해·바람 같은 자연물이나 자연현상 모두가 아이들의 장난감일 수 있었고, 따라서 동요로 노래되었다. 바람에 떨어지는 대추는 다른 과일과 함께 아이들의 좋은 군것질, 간식감이기도 했다고 한다.

대추는 제사상에서 제일 먼저 첫 자리에 올리는 실과였다. '홍동백서' '두동미서' '어동육서' '조율이시' 등은 반촌의 아이들은 다 외우고 있는 제사상 차림의 순서였다. 붉은색 과일과 생선의 머리부분과 어물은 동쪽으로 놓고, 흰 과일, 생선의 꼬리부분, 그리고 생선이 아닌 소고기, 돼지고기, 닭고기 등의 육류 제물은 서쪽에다 놓는다는 뜻이다. 또한 대추·밤·배·감의 순서로 제사상을 차린다는 말이 조율이시였다.

전해지는 어느 우스갯소리에는, 율곡학파와 그분의 후손들은 율곡 선생을 더 높이는 의미에서 선생의 호에 들어간 글자인 밤 율(栗)자를 대추 조(棗)자 앞에 놓아야 한다고 여겨 조율이시를 '율조이시'라고 우긴다고도 하나, 어디까지나 전해지는 우스갯소리이다.

낚시

아가리 짝짝 벌려라
열무김치 들어간다
아가리 딱딱 벌려라
호박지짐 들어간다

주둥이 짝짝 벌려라
서방네가 들어간다
주둥이 짝짝 벌려라
홍두깨가 들어간다
아랫입 쩍쩍 벌려라
서방님이 들어간다
아랫주둥이 짝짝 벌려라
홀아비도 들어간다

여름철에 아이들이 강가 바위에서 낚시를 드리우고, 물고기가 입을 벌려 낚시바늘을 물도록 유혹하느라 불렀던 동요이다. 또한 천렵이나 낚시로 잡은 물고기를 풀줄기 끈에 주렁주렁 꿰느라고 물고기의 입을 벌리면서 불렀던 동요였다. 여름철의 별미인 열무김치와 호박지짐도 등장한다.

아이들의 동요에 성인 남성들의 육담이 뒤섞였다. 이런 육담 노래는 여성들의 부요라기보다는 상민 남성들의 속요라고 분류할 수밖에 없다.

맹꽁이

가벼우냐 매앵 꼬옹
무거웁다 매앵 꼬옹
무거우냐 매앵 꼬옹
가벼웁다 매앵 꼬옹

맹꽁이의 울음을 동요로 표현하였는데, 맹꽁이는 수놈이 '매앵' 하면 암컷이 받아서 '꼬옹' 한다는 것을 잘 알고 지어 불렀다. '머스마' 들과 '지지바' 들이 교대하여 불렀다고 한다.

여름밤이나 비 오는 날 아이들이 물구경을 나갔다가, 또는 냇가나 못가에서 개구리가 울거나 맹꽁이가 울면 개굴개굴 소리나 맹꽁 소리로 따라서 불렀다고 한다.

발음상 콧소리가 아이들의 즐거움이 되어서 곧잘 흉내내기도 했는데, 편을 갈라서 한 편이 '매앵' 하면 다른 편이 '꼬옹' 하였다. 그러다가 점차 속도를 빨리 하여 불렀는데, 이때 빠른 속도를 따라가지 못하여 '매앵' 해야 할 편이 '꼬옹' 하거나 '꼬옹' 해야 할 편이 '매앵' 하게 되면 결판이 나서, 진 편이 이긴 편 아이들을 업어주기도 했다고 한다.

일설에는 한 홀아비가 정분 난 어느 과수댁을 불러내는 데 사용했던 노래라고도 한다. 홀아비가 '매앵' 하면 과수댁이 '꼬옹' 했는데, 이때 '꼬옹' 을 안 하고 '매앵' 하면, 그날 밤에 못 나가는 줄 알라는 신호였다고 한다. 이 신호를 알아낸 과수댁 머슴이 주인 과수댁과 통정하는 홀아비가 병든 틈을 타서 어느 비 오는 날 밤 두 사람이 신호하던 뒷간 담 밖에서 '매앵' 하고 신호를 하자, 뒤를 보러 왔던 과수가 비가 퍼붓고 캄캄한 어둠에도 불구하고 '꼬옹' 하며 찾아가서 통정하고 나니, 자기 집 머슴이 아닌가. 그 다음부터는 하는 수 없이 게으르고 말 안 듣는 머슴을 데리고 살 수밖에 없었다는 상스러운 얘기도 전해진다.

왜 왔니

우리집에 왜 왔니 왜 왔니이
꽃 찾으러 와았다 와았다
누구 꽃을 찾으러 왔느냐 왔느냐
아무개 꽃을 찾으러 와았다 와았다

여아들이 가위바위보로 편을 가르고 팀별로 어깨동무를 하여 마주 서서 전진 후진을 반복하면서 부르는 놀이 노래였다.

아무개는 대표되는 아이의 이름이나 술래 되는 아이의 이름으로 불렀다.

이 동요는 놀이동요로 놀이가 시들해지기까지 수없이 반복하며 불렀다. 또한 아무개라는 아이의 이름과 '꽃 찾으러 왔다'는 노랫말은 그때마다 적당하게 다른 아이의 이름이나 다른 물건으로, 즉 '호미 빌리러 왔다' '참기름 꾸러 왔다' 등으로 바꿔 부르기도 했다.

꼴망태

새서방 망태 꼴망태
의주 벙거지 날라리

뽕나무는 뽕방구를 뽕 뀌고
대나무는 댓기눔 호령하고
참나무는 애들아 참그라 고마 참아야 산다네

   옛 동요는 독립적인 내용으로 지어지기도 했지만, 이것저것 결합되어서 입에서 나오는 대로, 그야말로 심심하고 무료하여 스스로를 달래는 중얼거림으로 자연발생적으로 지어져 불리는 경우가 더 많았다. 그래서 한 아이가 '새서방 망태 꼴망태'를 부르면 다른 아이들이 '뽕나무'를 부르거나 중얼거려 답하기도 했는데, 내용이 이어지는 것은 아닌 듯하다.

   망태는 짚을 꼬아서 만든 들것으로, 끈을 달아서 어깨에 메기도 하였는데, 물기가 없는 물건을 넣고 다니거나, 주로 소의 먹이 즉 소여물이 되는 먹이풀을 낫으로 베어서 넣어 가져오는 용도로 쓰기도 했다. 이 소먹이풀을 꼴 또는 쇠꼴이라고 하고, 그것을 담은 짚으로 만든 들것을 꼴망태라고 했다. 주로 남성 일꾼들이나 사내아이들이 사용한 생활용구였다. '의주 벙거지 날라리'는 신의주에서 온 나그네가 쓴 벙거지와 등짐인 날라리 봇짐인 듯하나, 확실하지는 않다.

방구

방구 방구 무신 방구

개가 뀌면 개방구

물 속에서 뀌면 물방구

바지 속에 바람방구

뒷간에서 똥방구

치마 속에 가망방구

전래동요와 속요에는 유난히 방귀 노래가 많았다. 아이들의 유머 감각의 발달을 자극하는 동요 중의 하나이다.

어린아이들이나 좀 자란 남자아이들 또는 상민들의 속요가 아니었을까? 물론 부녀자들이나 여아들이 부르며 즐길 수도 있었겠지만……

추위

춥다 춥다 춥대장
덥다 덥다 덥대장
이웃 대장 놋대장
건너 대장 댓대장

    겨울철 어린아이들이 추위를 잊기 위해서 마당이나 마을의 나무 밑이나 공터를 돌면서 불러 몸을 덥히고 땀이 나게 했던 놀이동요이다. 노래를 부르면서 돌면 재미와 함께 추위를 쉽게 잊는다고 했다.

뺑뺑이

고추 먹고 뺑뺑이

찔레 먹고 뺑뺑이

뒷집 돌고 앞집 돌고

뺑뺑이를 돈다

호리 뺑뺑이를 도온다

아이들이 고추 반찬을 먹고 매워서 참지 못하고 마당에 나와서 뺑뺑이를 돌며 매운맛을 잊으려 했던 놀이 노래였다.

고추는 16세기경에 우리나라에 들어와 한동안은 별반 사용되지 않다가 18세기경부터 양념으로 사용되었는데, 특히 고추장과 김치에 사용된 것으로 추정되고 있다. 특히 색깔이 붉어서 벽사, 즉 악귀를 내쫓아 음식이 상하지 않도록 해준다고 믿었다. 또한 매운맛이 열을 내, 고추씨를 말렸다가 복통 등에 달여 마시면 낫는다고 했다.

붉은 고추는 장 맛이 변치 말라고 장독에 치는 금줄로도 사용되었다. 붉은 색상 속의 노란 씨앗이 붉은 주머니 속의 금돈을 상징한다 하여 더욱 좋은 인상을 지니고 있었다. 한 예로 임산부가 아기를 출산했음을 알리는 금줄에, 태어난 아기가 아들이면 붉은 고추 세 개와 숯덩이 세 개를 섞바꿔 금줄에 끼워서 걸어두었는데, 벽사용의 붉은색과 매운맛, 그리고 양구상징으로 붉은 고추가 애용되었다. 검은 숯덩이 역시 제독용으로 장맛이 비정상일 때 붉은 고추와 함께 넣어두면 장 맛이 되돌아온다고 하여 지금도 사용되고 있다. 딸아이를 낳으면 붉은 고추 대신에 청솔가지를 끼워서 금줄을 만들었는데, 청솔의 강인함과 겨울에도 푸른 생명력은 정절의 상징으로 여겨졌다.

금줄은 깨끗하게 준비해둔 볏짚으로 왼새끼를 꼬아서 만들었는데, 이는 왼쪽이 벽사의 방위 즉 귀신 방위라서 오른쪽 방위인 인간의 방위로 유약한 아기와 산모를 노리는 귀신이 길을 못 찾게 했다고 한다.

이렇게 붉은 고추는 우리나라에 수입된 이래, 김치와 고추장 및 금줄과 약용으로, 또 고추씨와 고추꼭지를 말려두었다가 태워 겨울철 음습한 계절에 유행하는 전염병을 예방하는 등 다양하게 사용되어왔다. 『조선 개화사』에 의하면 고추는 본래 독초로 일본이 조선인들을 골려주려고 전했는데, 체질에 맞아 즐겨 먹으며 지혜롭게 사용되었다고 한다. 이는 마치 메밀이 소양식품으로 조선인들을 해롭게 하려고 전했는데, 채소와 고깃국물과 함께 냉면을 만들어 먹어서 좋은 효과를 나타내게 되었다는 이야기와 같다.

어깨동무

어깨동무 내 동무
보리가 나도록 살아라

천 동무 만 동무 머리칼에 얽힌 동무

말 탄 대장 꺼어떡 소 탄 대장 꺼떡꺼덕
이랴 이랴 울지 말고 쏜살같이 달려가자

　이 동요는 어린아이들이 함께 부르며 놀았다는 놀이 노래이다. 동무들과 함께 겨울철이나 이른 봄 보리밟기를 하고, 대나무 막대기를 말이라 하며 함께 타고 골목길을 누비며 자라는 죽마지우(竹馬之友)가 되고, 함께 자라서 말도 소도 타는 대장이 되는 내용의 즐거운 노래이다. 물론 여기서 말도 소도 다 나무막대기를 그렇게 보고 놀았음을 의미한다.

몸

머리 두/터럭 발
이마 전/눈 목
눈썹 미/코 비
입 구/귀 이
어깨 견/배 복
등 배/허리 요
손 수/손톱 조
다리 각/발 족
자지 신/불알 랑
(……)

아이들이 자기 몸의 여러 부분을 지칭하는 한자를 공부하도록 지어진 동요
로 본다. 요즘의 유치원 원아들이 손으로 몸의 각 부분을 가리키면서 부르는
'머리 어깨 무릎 발……' 식의 노래로 보아도 좋으리라.

중

중중 까까중
접시 밑에 까까중
중중 무신 중
밥상머리 먹는 중
이부자리 자는 중
(······)

불교와 승려를 홀대하던 조선조의 풍속이 남아서, 철부지 아이들이 시주하러 다니는 스님들 뒤를 따라다니며 놀려대던 동요라고 한다.

당시 아이들은 스님을 땡초나 초라니, 걸승이라고 했고, 호랑이로 둔갑하거나 아이들을 잡아먹고, 도술을 부려 부녀자를 홀린다고도 믿었다고 한다. 또한 스님이 걸머멘 바랑, 즉 망태 속에다 아이를 잡아넣고 다닌다고 했다 한다.

스님의 호칭으로 어떤 행동을 하는 중이라는 뜻의 중(中)자를 넣어서 이어가며 불렀다.

수박 냄새 외냄새

수박 냄새 나아나?
외냄새 나안다
참외 냄새 나아나?
수박 냄새 나안다

수박 냄새 나그라
참외 냄새 나그라

수박풀이라는 잡풀이 있다. 작고 가느다란 잎새를 줄기째 따서 손바닥에 놓고 비비다가 냄새를 맡아보면 수박 향기 비슷한 냄새가 났다.

장난감이 없던 옛날 아이들은 이렇게 잡풀을 가지고 놀면서 자연발생적인 동요를 지어 불렀다.

들돌 들기

우엉차 우엉차 내 힘이 더 쎄다
이봐라 이봐라 내 힘이 더 쎄다

단번에 들었다
두 번에 들지 않고
작년에 못 들더니
올게(올해)는 번쩍 드네
니 힘이 더 쎄냐
내 힘이 더 쎄제
버번쩍 들었다
버번쩍 올려냈다

마을마다 마을 입새, 즉 초입이나 중간에 영락없이 한두 개의 들돌이 놓여 있었다. 사람들의 왕래가 잦은 곳이나 사람들이 모이는 장소에 둥그런 모양의 자연석을 놓아둔 것이다. 마을 아이들이 내기놀이로 들기도 했고, 어른 남자들이 지나다니면서 한두 번씩 들어서 운동을 대신하거나 힘자랑을 하기도 했다. 제주도를 포함해 우리나라 전역에 나타나는 들돌 들기 노래로, 들돌 들기는 마을의 재앙을 물리치는 의미도 있었으며, 남자아이들은 남성다움이라고 인식된 힘자랑, 체력단련을 위해 즐겨 하였으나, 여자들은 전혀 참여하지 않았다고 한다.

팽이

패앵 팽 돌아라

자꾸자꾸 돌아라

넘어지면 안 된다

정신없이 돌아라

어질머리 병나면

고쳐주마 돌아라

팽팽 돌아라

내 팽이는 도올고

니 팽이는 자빠져라

밥 줄 테니(팽이채로 때려주기) 돌아라

국 줄 테니 돌아라

죽 줄 테니 돌아라 떡 해주마 돌아라

정월의 세시풍속 놀이로 팽이치기가 있다. 정월은 음력 설로 시작되는 노달기(노는 달), 즉 농사 준비도 시작하지 않는 농한기였다. 그래서 아이들은 설날·대보름날과 함께 명절 기분을 내며 나무토막을 통째로 다듬어서 팽이를 만들어 꽁꽁 얼어붙은 얼음 위나 땅 위에서 돌리고 놀았다. 팽이는 나무토막을 다듬어 만드는데, 원뿔 모양으로 하단의 중앙이 뾰족하게 만들지 않으면 넘어지게 되어 있다. 팽이를 다듬어 다양하게 색칠하거나 태극문양을 그려넣는 등, 모양과 색채 등에서 창의성을 발휘하기도 하였다. 얼음이나 땅 위에서 돌리는 즉시 팽이채로 치면서 오래 도는 팽이의 주인이 이기게 되는 내기놀이 또는 혼자놀이었다.

필자가 이 자료를 수집하던 1970년대 중반에 어느 교장 선생님은 서양 아이스하키의 원조가 우리나라의 팽이치기라고 하기도 했다.

전래동요의 속성상 거의 대부분의 놀이는 반드시 노래와 결합되었는데, 이는 놀이를 더 신명나게 하는 효과를 노린 것이다.

꿩

끌끌 끌서방 잔네(자네) 집이 어덴고
요 산 조 산 넘어서 솔바닥집이 내 집이지
무얼 먹고 사는고
앞뜰에는 콩섬지기 뒤뜰에는 팥섬지기
아들 낳고 딸 낳고 그렁저렁 사니더
낮에는 밭 갈고 밤에는 길쌈하고(글 읽고)
똥누고 오줌 싸고 그럭저럭 사니더

농경시대에 꿩은 사람과 친했다. 꿩은 밭에 심어놓은 콩이나 팥을 파먹기도 했고, 꿩의 둥지는 다복솔 그늘 소나무 바닥이었다. 이런 내용이 이 동요에 담겨 있어서, 사내아이들이 산으로 나무하러 가거나 여아들이 산나물 뜯으러 가면서 불렀던 동요로 볼 수 있다.

산촌에서는 뒷산, 앞산에서 수꿩 장끼가 소리지르며 날고 암꿩 까투리가 울기도 했다. '봉 대신 꿩'이라는 말처럼, 봉황이란 상상의 새는 없으니 대신 꿩이 선호되었다. 특히 장끼는 깃털이 매우 아름답고 잘생겨서 대가댁의 부채용으로 쓰였을 뿐만 아니라, 박제 또는 깃털만 간직해도 좋은 일이 생긴다고 보았다.

흔히 수꿩은 장끼라 하여 깃털이 매우 크고 아름다우며, 암컷인 까투리는 장끼에 비해 좀 작은 몸집에, 깃털은 갈색류의 얼룩무늬이다. 산에 나무하러 갔다가 꿩 알을 주우면 재수가 있다고 하였는데, 이는 꿩 알이 식용으로 좋기 때문이기도 하지만, 박혁거세나 고주몽 등의 신화와도 관련이 있었다. 꿩 알을 주워서 먹은 후 알껍질을 가느다란 막대에 끼워 부엌문 위에 걸쳐두고 주부가 물동이를 이고 드나들면 자식을 많이 낳는다는 속설도 있었고, 꿩 알 껍질 대신에 달걀 껍질을 그렇게 걸쳐두어도 다산력을 얻는다고 믿었는데, 이런 풍속은 1960년대까지도 쉽게 볼 수 있었다.

꿩고기는 기름기가 적고, 산야의 풀벌레나 약초 씨를 먹고 자라 보양식이 된다 하여, 설날 떡국이나 여름철 냉국수의 국물을 꿩 삶은 국물로 하여 귀한 손님이나 사돈을 대접하기도 했다고 한다.

나무 노래

나무 나무 무슨 나무

땅 우에는 땅나무

달 속에는 계수나무

물가에는 물푸레나무

산에는 산 나무

아궁이 앞엔 죽은 나무

높은 산에 주목나무

깊은 산에 맹가나무

마당 앞에는 대추나무

아들 낳아라 추자(호두)나무

(처자)무덤 앞에 엄가시나무

(총각)무덤 앞에 엄가시나무

무당 손에 복숭나무

오 리 길에 시무나무

십 리 절반 오리나무

가다보니 가닥나무

오다보니 오동나무

오동지 달에 오동나무

가자가자 감나무 / 오자오자 옻나무

대낮에도 밤나무 / 벌건 대낮 밤나무

등 밝혀라 등나무 / 시퍼래도 단풍나무

죽어서도 살구나무 / 회초리는 싸리나무

마당 쓸어 뱁싸리나무 / 아무따나 모개나무

멍들었다 자두나무 / 귀신 쫓는 복숭나무

무덤 둘레 엄가시나무 / 따끔따끔 가시나무

칼에 찔려 피나무 / 갓난아기 자작나무

앵돌아져 앵도나무 / 깔고 앉자 구기자나무

마당 쓸어 싸리나무 / 뒷간 길에 앵도나무

대문간에 대추나무 / 앞마당에 추자나무

안마당에 석류나무 / 뒷마당에 감배(감나무 배나무)나무

벌벌 떠는 사시나무 / 바람 솔솔 소나무

거짓 없는 참나무 / 낮에 봐도 밤나무

양반 동네 상나무 / 열의 곱절 스무나무

십 리 길에도 오리나무 / 오자마자 가래나무

그렇다 치자 치자나무 / 잘못했다 사과나무

반쪽에도 배나무 / 이 산 저 산 산수유나무

갯가에는 갯버들나무 / 미운데도 가죽나무

절반에도 배나무 / 너랑 나랑 느릅나무

무서워라 엄나무 / 한철에도 사철나무

오매불망 오미자나무／찔찔 우는 찔레나무

다듬잇방맹이 물박달나무／살금살금 살구나무

입맞췄다 쪽나무／방귀 뽕뽕 뽕나무

댓기 이눔 대나무／참거라 참나무

〈나무 노래〉는 아이들의 개념 형성, 어휘력, 연상력, 사고력, 상상력, 나무 지식 등의 발달을 자극해주는 동요이다. 게다가 스스로 자기의 노랫말을 얼른 만들거나 생각해내어서 첨가시킬 수 있는 창의력도 발달시켜주는 등 전래동요의 특성을 고루 지녔다. 같은 나무에도 여러 가지 의미를 부여하거나 연상시켜주는 노랫말을 보충 첨가할 수 있었으므로, 엇비슷한 수많은 〈나무 노래〉가 발견되고 있다.

이 동요에서 "무덤 둘레 엄가시나무"라고 한 구절은 처녀로 죽은 이의 무덤 둘레에 가시가 험한 엄나무가지를 둘러두었던 풍속에서 비롯된 것이다. 처녀가 죽으면 손각시가 되어 해코지하는 나쁜 귀신이 되기 때문에 귀신이 무덤에서 나오지 못하도록 엄가시나무로 막아둔 것이다.

옛날 한양의 손씨댁 처녀가 혼인 전에 죽어서, 그 처녀와 혼인하기로 했던 총각이 다른 집 처녀와 혼인하자 첫날밤에 신부가 죽었다. 다른 처녀와 다시 혼인해도 신부가 첫날밤에 죽었다. 이런 일이 계속되어 점을 치니 손씨 처녀의 귀신이 자기 신랑을 안 뺏기려고 첫날밤마다 신부를 죽인다고 하여, 처녀가 혼인 전에 죽으면 손각시 즉 손씨집 각시라고 했다고 한다. 총각으로 죽으면 머리꼬리를 상투로 말아올리지 못한 한스러움에 몽달귀신이 되었다고 전해지기도 한다.

"마당 쓸어 뱁싸리나무"는 싸리나무 또는 뱁싸리라는 일년생 풋나무로 빗자루를 만드는 것을 말한다. 뒷간 길에 앵두나무를 심어두는 전통가옥의 구조에서 "뒷간 길에 앵도나무", 또는 앵돌아진다는 의미에서 앵도나무라고도 했다. 이렇게 〈나무 노래〉는 참으로 수많은 것을 의미·상징하는 풍요로운 내용의 동요로, 남아는 물론 여아들이 한둘 또는 여럿이서 선창과 후창으로 부르기도 했다.

필자는 중학생 적에 소월의 「산」이란 시 중 "산새도 오리나무 위에서 운다"는 구절에서 '하필 왜 오리나무 위에서일까? 더 멋지게 생긴 나무들이 많은데' 하고 의문을 품고 고민하던 중, 어머니가 어린 동생을 달래느라고 불러주시는 "십 리 절반 오리나무"라는 〈나무 노래〉의 한 구절을 듣고, 혹시 소월이 그런 거리 개념을 의도했지 않았을까 하고 해석했다. 소월이 정녕 그런 의미로 쓴 구절인지는 몰라도, 그렇게 짐작해볼 수는 있었다.

밤송이 노래

따끔이 속에 빤빤이
빤빤이 속에 털털이
털털이 속에 고솜이
뭣이냐 모르지
모르니까 나만 먹자
고시 고시 알밤을
내 혼자서 다 먹을까
니캉 내캉 둘만 먹자
사이좋게 나눠먹자

아이들이 가을철에 알밤을 주워서 먹으면서 밤의 생김새, 구조와 특징, 그리고 맛을 이런 노랫말로 표현하였다.

밤은 축일, 특히 혼인상이나 제사상에서 빠지지 않는 실과로, 신부가 시부모에게 폐백을 드릴 때 시어머니나 시댁의 부녀자들은 폐백을 받은 대가로 대추와 알밤을 신부에게 던져주며 다남자, 생남을 덕담으로 축원해주었다. 태몽으로도 알밤 줍는 꿈이나 알밤을 보는 꿈을 꾸면 아들을 임신할 태몽으로 해석했다. 이런 태몽과 해석, 그리고 폐백 때의 덕담은 지금까지도 이어져오고 있다.

또한 밤은 제사상에도 대추, 밤, 배, 감의 순서로 올리는 실과로서, 매우 귀한 남성 상징으로 알려져 전해지고 있다.

부헝이 노래

떡 해먹자 부우헝
양식 없다 부우헝
걱정 말게 부우헝
꿔다 먹자 부우헝
언제 갚게 부우헝
갈(가을)에 갚지 부우헝

굶었구나 부우헝
먹었단다 부우헝
빌려다 먹지 부우헝
언제 갚을라꼬 부우헝
풍년 들거든 갚지 부우헝
통시 지붕에 기왓장 올리거든
갚아주지 부우헝

흉년에 너무 배가 고픈 나머지 양식을 꿔서라도 먹고 싶다는 소망을 이런 '부우헝'으로 노래했다. 아직도 무슨 일이 잘못되면 '부우헝!'이라고 표현하기도 한다. 부엉이 울음소리를 모방하여 지어진 동요이다.

옛날 하도 가난하여 굶어 죽게 된 새댁네의 소원이 쌀밥과 쌀떡을 실컷 먹어보는 것이었다. 너무 굶어서 정신이 온전하지 못하게 된 새댁네는 마침내 염치 불구하고 시댁 마을의 부잣집을 찾아가서 쌀을 꿔왔다. 그리고는 한 끼에 한 솥의 밥을 지어 시부모와 신랑에게도 많이 차려드리고는 자신도 부엌에서 실컷 먹었다. 그러나 너무 오래 굶던 위장에 한꺼번에 너무 많은 음식이 들어간 나머지 위와 장이 마비증세를 일으켜 죽고 말았다.

이 소문을 들은 한 부잣집에서 꿔준 쌀을 받으러 갔더니, 시부모와 신랑은 죽은 며느리 시신을 놓고 통곡하고 있었고, 가난한 시부모는 쌀 받으러 온 부자에게, 아무것도 없어 갚아줄 수가 없다고 '부우헝!'이라고 했다고 한다. 그날 이후 밤만 되면 마을 뒷산에서 '부우헝' 하고 부엉이가 이 동요처럼 울었다고 한다.

이런 유래에서 빈손이거나 대답이 곤궁할 때는 '부우헝!'이라고 하는 풍속이 생겼고, 상대가 '부우헝'이라고 하면 죽이든지 살리든지 맘대로 하라는 배짱으로도 해석하게 되었다고 한다. 또한 상대방을 약올릴 때도 '부우헝'이라 말하기도 했다.

원숭이

원숭이 똥구멍은 빠알게/빨간 것은 사아과

사과는 맛있어/맛있는 것은 엿

엿은 길어/긴 것은 기차

기차는 빨라/빠른 것은 비행기

비행기는 높아/높은 것은 백두산

배액두산 뻗어나려 반도 삼천리

무궁화 이 강산에 역사 반만년

대대로 이어받은 우리 삼천만

복되도다 그의 이름 대한이라네

백두산 버드남게 매미 한 마리

그 매미 잡으려고 올라갔다가

쇠똥에 미끄러져 허리 다쳤네

에구 야야 걱정 마라 얼른 낫는다

1960년대까지도 초등학교 아이들이 즐겨 부르던 속요였다. 한 어휘에서 출발하여 그 어휘가 다시 새 어휘로 이어지는 연상력의 발달, 어휘력의 발달 등을 자극하는 데 효과적인 노래이다. 엿장수가 리어카에 엿판을 놓고 주택가의 좁은 골목을 다니며 '엿 사려' 하고 외치면 그의 가위 소리에 빈 유리병이나 헌 고무신짝, 헌 운동화, 고철이나 못 쓰는 놋그릇 등을 모아두었던 아이들이 달려나가던 시절의 속요였다. 즉 엿이 맛있고 사과가 맛있다고 여기던 아이들 세계에서 저절로 태어난 속요였다. 초등학교 운동장에서 노는 시간에 여아들이 고무줄을 넘나들면서 이 속요를 불렀다.

원숭이 엉덩이가 왜 빨간지에 대해서는 이런 속설이 전해진다. 원숭이는 밤을 관장하고 닭은 해를 관장하는 동물인데, 닭이 새벽에 우는 것은 동쪽 끝에 있는 커다란 복숭아나무 위에서 하늘닭(天鷄)이 해가 떠오르는 것을 알리기 위해서 크게 울면 모든 닭들이 다 따라서 울기 때문이라고 한다. 또 서쪽 바다 끝의 커다란 밤나무 위에 사는 원숭이가 저녁마다 긴 팔로 하늘의 해를 따서 엉덩이 밑에 깔고 앉아 밤이 되는데, 이때 원숭이가 깔고 앉은 해가 뜨거워서 엉덩이가 빨개졌다는 것이다. 이는 귀장역(歸藏易)에 의한 것으로, 해모수·해부루 등 상고시대의 해씨 겨레 또는 환인·환웅·단군왕검의 해족이 쓴 것이라고 한다. 이 귀장역에서는 원숭이는 해가 지는 밤을, 닭은 해가 뜨는 낮을 관장한다고 한다.

또다른 설로, 원숭이와 게가 떡을 해먹다가 서로 많이 먹으려고 싸우던 중 게가 집게다리로 원숭이 엉덩이를 할퀴어서 원숭이 엉덩이의 털이 다 빠져 빨

갖게 되었고, 게는 원숭이의 털이 다리에 붙어서 털이 생겼다고도 한다.

십이간지에도 잔나비, 즉 원숭이가 등장한다. 원숭이해에 태어난 사람은 재주, 특히 손재주가 좋다고 알려져 있다. 원숭이는 음(陰)과 양(陽)의 순서적인 조화로 된 십이간지 중 양과 닭 사이에 자리하지만, 우리나라에는 없었던 동물이다. 개화기에 말광대라 하여 곡마단에 등장하면서 친숙해지기 시작했으나, 지금도 동물원에서나 볼 수 있고 애완용으로 키우는 사람도 드물다. 이렇듯 원숭이가 전래 토종 동물이 아닌데도 이런 노래가 생겨난 이유는 짐작할 수 없다.

뒷간 노래

엄마야 똥 누럽다 종이 도고
엄마야 똥 누럽다 종이 도고
무서워서 못 간다 촛불 켜도고

종이가 뒷간 용지로 쓰이던 시대의 동요이기 때문에, 다른 동요보다는 훨씬 후대에 자생된 동요로 볼 수 있다. 그 이전 시대에는 종이가 매우 귀해서 문을 바르거나 글을 쓰는 데에도 잘 사용할 수가 없었다. 그래서 서당에서는 모래판에 모래를 담아서 글씨 쓰기를 가르쳤고, 떡갈나무 같이 잎새가 넓은 나뭇잎을 따서 빨랫돌로 눌러 말려서 붓글씨 연습용으로 사용했다니, 하물며 뒷간 용지로 사용한다는 것은 상상도 못 할 일이었으리라.

그 시절에는 볏짚 한두 단을 뒷간에 놓아두어 한 줌씩 뽑아서 대변 후 뒤닦이에 쓰기도 했고, 여름철엔 뒷간 울타리를 타고 오르며 자라는 호박잎이나 돼지풀 또는 잡초의 잎새를 따서 사용하기도 했다 한다.

아마도 위의 동요는 뒷간에 앉아 용변 보는 아이가 고약스런 냄새를 견디고, 무료함도 달래느라고 부른 것이었으리라. 요즘 아이들도 욕실에서 샤워를 하면서, 또는 화장실에서 용변을 보면서 노래 부르는 모습을 쉽게 볼 수 있다. '도고'는 종이를 가져다달라는 의미의 사투리이다.

서울내기

서울내기 다마네기

서울 말 어찐 말로

올렸다 내렸다가 길게 뺐다 줄였다가

경사를 써도

서울 아인 폐병 아이

서울 양반 이마 씻은 물같이

냉랭하고 식은 숭늉

서울내기 다마네기

맛 좋은 건 고래괴기지

서울은 조선조 5백 년의 도읍지였고, 아직도 모든 사람들이 선망하는 우리나라의 수도이다. '사람 나면 서울 가고 망아지 나면 제주로 가거라' 라는 속언이 생겼을 정도로, 서울 구경이 온 국민의 소원인 때도 있었다.

서울말을 하면 경사(京詞) 쓴다고 하여, 올렸다간 내리는 듯 느렸다가도 잡아당기는 특이한 발음의 멋진 매력으로 부러움과 시샘의 대상이 되기도 했고, 서울여자·서울댁 등 서울이란 어휘가 들어가면 제일급, 특급으로 인식되기도 했다.

그래서 서울은 '올라간다' 고 했고 나머지는 모두 '내려간다' 고 표현했다. 이런 서울의 아이가 지방으로 전학을 오면, 구경거리가 되고 부러움과 질시를 받는 과정을 통과의례처럼 거쳐야 했다. 시골 콤플렉스가 텃세로 나타나곤 했기 때문이다. 그래서 서울서 온 아이는 또래 아이들의 놀림 때문에 몇 차례나 울어야 했다. 시골 아이들이 서울서 온 아이들을 놀리고 약 올리느라고 만들어 불렀다는 동요가 바로 이 노래이다. 서울내기는 양파, 즉 다마네기처럼 속을 모를 아이라고 놀렸고, 부위마다 맛이 다른 고래고기 같다고 했다.

상투 빌리기

올콩 달콩 우습네라
상투 빌리러 댕기는 서방
상투 상투 빌려주소
우리 마누라 아기 낳으면
그 은공 갚으리다
울며 불며 상투 빌리러
대머리 서방 이웃집집을 다 다니네
올콩 볼콩 우습네라
상투 빌리러 댕기는 남편

부인이 아기를 낳을 때 쓰려고 상투를 빌리러 이웃집을 허둥지둥 다니는 남편을 놀리는 아이들의 노래였다 한다. 남편이 늙어서 대머리가 되어 상투가 허약할 경우, 이웃 남자의 튼실한 상투를 빌리려는 것이라 한다.

　우리의 출산속(出産俗)에는 부인이 해산을 할 때 남편이 부인의 고통을 함께한다는 뜻에서, 함경도 박천 지방에서는 남편이 산실이 있는 집의 지붕에 올라가 용마루를 잡고 고통스러워 몸부림을 치는 시늉을 했다고 하며, 영호남 지방의 반가에서는 산실 밖 마당을 왔다갔다하면서 일부러 큰 소리로 헛기침을 계속하여, 가장인 남편이 걱정하고 있으니 산모는 안심하고 아기를 낳으라는 신호를 보냈다고 한다. '애 낳다가 죽는 일은 사주에도 없다' '산고 트는 계집 놔두고 처자 구하러 다닌다' (아기 낳다가 죽을 것에 대비하여 새장가 들 처녀를 구하러 다닌다는 뜻)는 속언도 생길 만큼 산모 사망률이 높았던 시대라서, 이런 풍속은 산모에게 적지 않은 정서적 안정감과 용기를 주었다고 한다. 그중 한 가지로, 남편이 자기의 상투를 풀어서 산실의 문구멍으로 들이밀면, 산모가 남편의 상투를 잡고 힘을 주면서 아기를 쉽게 낳는 산속(産俗)도 있었다고 한다.

　만약 부인이 첫아기를 낳을 때 남편의 상투를 잡아당기면서 낳으면, 다음에 아기를 낳을 때도 남편의 상투를 잡아당겨야 하는 해산 습관이 생긴다고 한다. 그래서 나이 들어서 아기를 낳게 되면 늙은 남편의 허약한 상투는 힘을 주어 잡아당길 수 없으므로, 남의 상투를 빌려서라도 무사히 아기를 낳게 했다는 북한 지방의 풍속에서 생긴 노래라고 한다.

신랑

신랑 꼭지 말랑말랑
남대문에 인경 꼭지
신랑 꼭지 말랑 꼭지
북대문에 인경 꼭지

이 동요는 신랑이 나이 어린 것을 악의 없이 놀리느라고 지어 부른, 서울 장안이나 서울 부근에서 자생된 동요로 추정된다. 인경 소리는 서울 장안에서만 들을 수 있었기 때문이다.

『사례편람』에 수록된 의혼(議婚) 절차에 의하면, 남자아이가 14, 5세 때 『논어』를 읽고 나면 관례를 치러 미혼이라도 의관을 씌우고 어른의 의무와 권리를 행사하게 했다. 따라서 관례 이후에 남자로서 혼인을 한 신랑이 되었는데, 다함없는 노동력을 요구하는 농업경제의 특징과 사망률, 특히 노약자의 높은 사망률 때문에 관례와 혼례의 연령이 점차 낮아졌다고 본다. 병들고 죽는 것을 악귀의 짓으로 여겼던 당시 사회에서는, 어린 남아에게 관례나 혼례를 올려 어른이 되게 하면 악귀가 어린아이보다는 상대적으로 강한 어른을 덜 노린다고 보았다. 그래서 10세 전후에 혼례를 올려 어린 신랑과 연상의 신부를 짝지어, 가내 노동력까지 증가시키는 이중효과를 얻을 수가 있었다.

이런 풍속과 관련해 어린 철부지 신랑을 조롱하고 얕보는 데서 이 노래가 생겨났다고 보아도 잘못이 없으리라.

아기 신랑

참새가 작아도
알을 낳고
이내 나이 어려도
얼라(아기)를 맹글고

신랑 신랑 개자랑
범의 가죽 통가죽
새악시 매악시
닭의 꼬랑지

어린 신랑을 조롱하거나 놀려주는 동요이다. 약탈혼이 있었다는 증거도 되는 이 동요는, 자기의 누이나 이웃의 누이를 데려가려고 장가온 신랑에 대한 적개심이 잘 표현되어 있다. 신랑은 평소 아이들에게 자상하고 따스했던 누이를 빼앗아가는 나쁜 놈으로 인식되었기에, 이렇듯 적대적인 표현이 자주 나타나고 있다.

따라서 이런 나쁜 놈을 따라서 시집가기로 한 색시인 누이를 '매악시'나 '닭의 꼬랑지' 정도로 함부로 표현하여 화풀이를 하고 있다.

장가

말 탄 신랑 꺼어떡
가마 탄 신부 꼬오땍
말안장 우에 사모 쓴 신랑
가마 안에 요강 탄 신부

　이 또한 장가가는 모습을 그린 짤막한 속요이다. 신랑은 주로 말을 타고 신부집으로 갔는데, 말이 걸을 때마다 꺼떡거리는 모습을 그렸다. 또 신부는 장가온 신랑을 맞아 신부집에서 혼례를 올리고 신랑을 따라 가마를 타고 시댁으로 신행(新行)을 갔는데, 이때 가마를 어깨에 멘 네 사람의 가마꾼 또는 사인교꾼들이 걸을 때마다 가마가 꼬땍거리는 모습을 그렸다.
　가마 안에서 신부가 소변보는 모습을 "요강 탄 신부"라고 했다. 가마 안에는 신부가 용변을 볼 수 있도록 요강, 흔히 놋요강을 넣어주었는데 요강 안에는 솜이나 콩·팥·녹두 같은 곡식을 넣어서 소변볼 때 소리가 밖의 가마꾼들에게 들리지 않고 가마가 흔들릴 때 요강 속의 소변이 쏟아지지 않도록 했다. 요강 속에 곡식을 넣어서 보내야 부자로 잘산다고 하기도 했다.

누님

누님 온다 누님 온다/온달 같은 누님 온다
내가 무슨 온달이냐/보름달이 온달이지

누야 누야 누부야/온달 같은 우리 누부
어데 갔다 인제 오노/시집살이 그리 좋드나
우리집이 더 좋지러/가지 마라 가지 마라
온달같이 곱던 누부/부엌강아지 다 되었네
(……)

누님

누님 누님 나 장가 보내주
나이 삼십에 장가 한번 못 가고
이내 팔자 고쳐주오 장가 한번 보내주

누이란 그리운 친구이자 연인과 모성이 혼연일체가 된 따뜻하고 포근한 모성적 상징이다. 어머니가 생활이 바쁜 데 비해 어머니의 조수였던 누이는 다소 여유가 있어 어머니 대신 동생을 업어 키우고 달래주기도 했고, 어머니에게 야단맞을 때도 변명해주고 옹호해주며 피난처가 되기도 했다. 그래서 그렇게 가깝게 돌봐주던 누이가 낯선 곳으로 시집을 간다고 하면 울고불고 잠을 못 잤다는 이들도 많았다.

누이가 시집가는 날 뒷산에 올라가서 울며 밤늦도록 내려오지 않았다는 이들도 있었다. 누이가 시집을 가면 어른이 되었다 하여 누님이라고 존대했다. 그런 누이를 약탈해가는 매부는 미운 존재가 아닐 수 없었는데, 이 노래는 곱고 어여뻤던 누이가 시집살이로 부엌강아지가 된 것을 안타까워하는 동생의 마음을 그리고 있다.

뒤의 노래는 누이가 모성 아닌 모성 대행이었기 때문에 생긴 것일까? 짓궂은 동생이 시집간 누이에게 시집 동네의 참한 처녀한테 장가가게 해달라고 하는 뜻이리라.

지방에 따라 누야, 누이, 누님, 누부, 누나 등으로 부르기도 했는데, 어릴 적에는 누야, 누부야라고 부르고 타인에게는 누이라고 하다가 나이가 들면 누님, 우리 자씨(姉氏)라고 했다.

시집간 누이에게

권에 권이 되얐능가
장닭 국권 되얐능가
정에 정이 되얐능가
김에 김이 되얐능가
박에 박이 되얐능가
무신 박이 되얀능고오

두 아이가 마주 서서 두 손과 두 팔로 가마를 만들어 어린 동생을 태우고 "우리 옥이 시집간다" "우리 점이 시집간다"를 부르다가, 예를 들어 시집간 집의 성씨가 권씨라고 가상하면 "권에 권이 되얐능가/장닭 국권 되얐능가" 하고 불렀다.

한두 아이가 선창하면 나머지는 후창으로 받아 부르는 노래였고, 손가마를 탄 어린 동생이 꾀가 많거나 영악스러울 땐 "그래 그래 되얐따 권에 권씨 되얐따" 또는 "권씨 귀신 되얐따"라고 받아 부르기도 했다.

또는 변용하여 문답식으로 부르기도 했는데, 여아의 경우 여성의 성역할을 가르치는 교육적 의미를 지닌 것으로 보인다. 또는 〈쾌지나 칭칭 나네〉를 부르다가 부수놀이의 후창으로 '가마 타세 가마 타세'라고 부르면서 임금의 행차나 고관의 행차를 흉내내기도 했다.

꿩서방

꿩 꿩 꿩서방
자네 집이 어딘고
이 산 저 산 넘어서
곰배집이 내 집일세

끌 끌 끌서방 자네는
위예(어떻게) 위예 사는고
장끼하고 까투리하고
서방 각시 둘이서
그럭저럭 사니더
아들 낳고 딸 낳고
그럭저럭 사니더

자연적인 사물이 동요나 이야기의 주제가 되었던 농경시대에 자연 속에서
자라는 아이들이 평소 접하는 꿩을 주제로 만들어낸 노래이다.

쩍 노래

옛날 옛쩍에

갓날 갓쩍에

개천에서 용 날 쩍에

미꾸라지 용 될 쩍에

호랑이 담배 피울 쩍에

호랑이 사람 말 할 쩍에

무자수 고려 쩍에

대꼬바리 두드릴 쩍에

나무접시 소년 쩍에

툭구(수)바리 영감 쩍에

금박댕기 처자 쩍에

무명바지 조선 쩍에

베고쟁이 새댁 쩍에

헌 벙거지 초립 쩍에

대꼬바리 두드릴 쩍에

헛기침 뱉을 쩍에

대문짝은 삐끄덕

문풍지는 파르르

귓부리는 앵앵

나막신은 딸그락

짚세기는 펍썩

미투리는 뿌지직

(……)

　옛 전래동요에는 이처럼 한마디의 말을 여러 상황과 관련지어 불렀던 것이 여럿 발견된다. 〈치기 노래〉〈듯 노래〉 등도 같은 예가 될 것이다.

　특별한 의미가 있다기보다는, 전래되고 여러 사람들 입에 회자되는 말마디를 조립하고 연결지어 반복하여 불러서 노랫말이 되게 한 것이다. '앵앵' '삐그덕' '파르르' '뿌지직' 등의 의성어와 생활용품의 특성을 짝지어서 묘사한 창의성이 돋보이는 동요이다.

고리

앉은 고리 먹고리

뛰는 고리 개고리

나는 고리 꾀고리

달린 고리 문고리

귀바꾸에 귀고리

팔모간지에 팔고리

모간지에 목고리

콧구멍에 코고리

술 내릴 때 소줏고리

옷 담는 데 대고리짝

떡 담는 데 싸리고리짝

(……)

말이 되는 낱말을 골라 그럴싸하게 짝지어 노랫말을 엮었다. 어린아이들의 어휘력 발달에 도움이 되는 동요이다.

소줏고리는 소주를 내릴 때 사용하는, 주전자처럼 주둥이가 달린 옹기그릇이다. 이 소줏고리의 꼭지에 씨를 뺀 붉은 고추를 끼워서 소주 방울이 내려올 때 붉은 고추를 거치게 함으로써 소주 맛을 매콤하게 하고, 부정 타서 술맛이 변하는 것을 막는 벽사용, 즉 악귀 쫓는 용도로도 이용하였다.

고리짝은 대나무나 버드나무 실가지나 갈대줄기로 만들었는데, 장롱을 가지기 힘든 서민들이 옷을 담아두기도 하고 혼인 때 신부집에서 이바지떡이나 음식을 담아서 보내는 데 사용하기도 했다.

발음이 같다 하여 '고리'가 들어간 어휘를 총동원한 노래이다.

붓 노래

부산 가자 붓 사러
초량 가자 초 사러
섬에 가자 섬 사러
통영 가자 갓 사러
마포 가서 말 사고
밀양 가서 밀 사자
(……)

제목이 왜 '붓 노래'인지 모를 정도이다. 장소와 살 물건의 이름을 비슷한
발음을 중심으로 마땅한 어휘를 골라 짝지은 것이 아이들의 동요답다.
갓과 자개는 통영 것을 최고로 여겨 '통영 갓 통영 자개장'이라고들 했다.
또 마포나루는 새우젓으로 유명했고, 말은 제주 말이 유명했다.

고만 노래

옛날 옛적에

갓날 갓적에

귀뚜라미 사령 적에

고초 먹고 당초 적에

팔도강산 그릴 적에

한 아아(아이)가 있었는데

성은 고가요

이름은 만이라

고만 하자 또 하자

　'노래 시작하자 노래를 하자 노래 끝났다'는 장난 노래처럼 이야기를 해달라고 졸라대는 손주에게, 또는 이웃 아이나 친척 아이한테 어른들이 이런 장난을 곧잘 쳤다고 한다. 유머 감각의 발달에 도움되는 동요이다.

　'고만 하자'에 이어 '다시 하자' '또 하자' '한 번만 더 하자' 등으로 이어졌다.

세배

납향 날(臘日) 창에 묻어

잡은 꿩 몇 마린고

아이들 그물 쳐서

참새도 지져 먹고

깨강정 콩강정에

곶감 대추 생률(날밤)이라

새 등잔 새발 심지

장등(長燈)하여 새울 적에

뒷방 봉당 부엌까지

곳곳이 명랑하다

초롱불 오락가락

묵은 세배 하는구나

납일은 음력 섣달에 든 날로서 참새를 잡아먹는 날로 알려져 있다. 수렵시대의 잔재로 전해지는 풍속이라고도 하는데, 저녁밥을 먹은 아이들이 초가지붕에 사다리를 걸쳐두고 올라가서, 지붕 속에 손을 넣어서 잠자리에 든 참새를 잡아서 구워 밤참으로 먹곤 했다. '납일에 참새 한 마리 먹는 것은 평일에 황소 한 마리 먹기보다 낫다'고 하여 보양식으로 납일에 참새고기를 먹기 위해 참새 잡는 풍속이 있었다.

　이 동요는 설날에 먹는 과일과 절식, 등불을 밝혀 밤을 새우는 설날 풍속과 세배의 즐거운 모습을 함께 노래하고 있다. 섣달 그믐날 잠을 자면 눈썹이 하얗게 센다고 하여, 아이들은 각종 놀이나 귀신 이야기, 풍속 이야기 등으로 날밤을 새우곤 했고, 졸음을 못 이겨 잠을 자는 아이들의 눈썹에 떡가루를 발라서 아침에 깨어난 아이들에게 눈썹이 하얗게 세었다며 놀려주기도 했다.

군사

군사 군사 왔다

어데 군사 왔나

전라도 군사 왔다

무슨 갓을 썼냐

통영 갓을 썼다

무슨 옷을 입었나

갑옷 갑옷 입었다

무슨 신을 신었냐

쇠가죽신 신었다

무슨 문으로 들왔냐

동대문으로 왔다

아아 동대문을 열어라

아이들이 무리를 지어 군사놀이를 할 때 불렀던 동요였다. 이들 중 두 아이가 술래가 되어 마주 서서 두 팔을 높이 쳐들고 동대문 또는 남대문을 만들면, 다른 여러 아이들은 군사가 되어 노래를 부르면서 두 아이가 만든 동대문을 통과했다.

태조 이성계는 수도를 한양으로 옮기고 네 방위로 대문을 세웠는데, 동쪽에

세운 문이 홍인지문(興仁之門), 즉 요즘의 동대문이다. 인왕산을 모산(母山)으로 하여 대궐 왼편의 낙산이 풍수적으로 허약하다고 하여, 낙산의 허약함을 보완해준다는 비보(裨補) 사상에서 동대문을 낙산에 이어지도록 세웠다. 이름도 '흥인'이라는 두 글자 아래에 '지문'이라고 써서, 비보의 의미를 강조했다고 한다. 또, 한양 도성의 성문을 지을 때 목화금수토(木火金水土)의 오행과 인예의지신(仁禮義智信)의 오상, 동남서북중앙(東西南北中央)의 오방위와 청주백흑황(青朱白黑黃)의 오색, 춘하추동(春夏秋冬) 계(季)의 오시, 그리고 청룡(青龍) 주작(朱雀) 백호(白虎) 현무(玄武) 황룡(黃龍)의 동물 상징을 다음과 같이 사용하였다고 한다.

대문	홍인지문 (興仁之門)	숭례문 (崇禮門)	돈의문 (敦義門)	숙정문 (肅靖門)	보신각 (普信閣)
오방	동쪽	남쪽	서쪽	북쪽	중앙
오행	나무(木)	불(火)	쇠(金)	물(水)	흙(土)
오상	어짊(仁)	예의(禮)	옳음(義)	지혜(智)	믿음(信)
오색	푸른색	붉은색	흰색	검은색	누른색
오시	춘	하	추	동	季
동물	청룡	주작	백호	현무	황룡
성별	남자	남자	여자	여자	.

남대문은 경복궁에 대한 관악산의 기운을 불꽃 같은 반기(叛起)로 보아 군왕에 대한 예의를 강조하여 숭례문이라 했으며, 현판도 세로로 세워서 달아 이를 강조했다고 전해지기도 한다. 한양 도성의 사대문뿐 아니라 대궐의 대문도 사대문과 같은 방식으로 만들었다.

어디까지 왔니

어디까지 와왔니 / 서울까지 와왔다

동대문을 열어라 / 남대문을 열어라

열었다 눈 뜨거라 / 아아 안 왔다만!

어디까지 와왔니 / 다앙당 멀었지

웃말(윗마을)까지 왔니 / 다아당 멀었지

골목까지 와왔니 / 다앙당 멀었지

대문까지 와왔니 / 당당 멀었지

마당까지 와왔니 / 다앙당 멀었지

정지(부엌)까지 와왔니 / 다앙당 멀었지

안방까지 와왔니 / 다앙당 멀었지

아랫목까지 와왔니 / 다아 왔다아!

한 아이를 술래로 뽑아 수건으로 눈을 가리고 앞이나 뒤에 세워 다니면서 술래가 어디까지 왔냐고 물으면 여러 아이들이 합창으로 어디까지 왔다, 하고 대답하는 식으로 불렀던 놀이 동요였다.

언니나 형들이 어린 동생에게 이 놀이를 함께 해주면서 아이를 어르고 달래곤 했다. 초등학교의 청소시간에 학생들이 교실이나 복도를 비질하면서, 또 걸레질하면서 이런 동요를 부르기도 했다.

남뱃중 곰뱃중

남뱃중 곰뱃중

달래중을 꺾으라

마늘쫑을 꺾으라

남뱃중 곰뱃중

검정콩을 심으랴

강낭콩을 심으랴

남뱃중 곰뱃중

종남산이 어디냐

수양산이 여길따

남뱃중 곰뱃중

조선시대 억불숭유 정책의 영향으로 스님을 중으로 하대하여 불렀다는 증거가 되기도 하는 동요이다.

아이들까지도 스님을 중이라 놀리는 동요를 지어, 여러 가지 비슷한 발음의 말들과 섞어서 이런 노래를 만들어냈다. 도연명의 여러 시에도 등장하는 종남산이나 수양산 등이 노랫말에 섞인 점으로 보아, 귀동냥으로라도 글공부를 하는 반촌의 아이들이 지어 부르지 않았을까 짐작된다.

새 쫓기

윗마을 새는 나로(위로) 가고 아랫말 새는 알로(아래로) 가라

전주 고부 녹두새야 두레박을 딱딱 내려

윗논에는 차나락 심고 아랫논에는 메나락 심고

울 오라배 장개들 제 잔치 양식 할라는데

찰떡 치고 메떡 치고

니 다 까먹나 위이 위어이

옛날에는 허수아비를 이용하여 새를 쫓는 방법만으로는 부족해 아이들, 특히 남자아이들이 논밭을 다니면서 새를 쫓기도 했다 한다. 그 외에도 남자아이들은 과수원 지키기, 소 먹이기, 나무하기나 장작 패기, 그리고 배추밭의 벌레 잡기 등으로 가사를 도왔다. 물론 이 밖에 논물대기를 비롯한 여러 가지 가벼운 농사일도 있었다.

새 쫓기는 자기 집 소유의 논밭을 두루 다니면서 '휘어이 휘어이' 하고 소리쳐 새를 쫓는, 단조롭기 그지없는 일이라 이런 노래가 생겼을 것이다.

육이오와 형제

형님은 인민군 동생은 국방군
아버지는 피난 가서 돌아가시고
형님아 손 들어라 형님아 손 들어라
승리는 아우에 있다

미국놈 믿지 마라 소련놈에 속지 마라
일본놈 일어선다 조선놈 조심하소

양갈보 뚱갈보 어디로 가느냐
빼딱구두 신고서 딸라 벌러 가느냐

광복후 친일파들이 '일본 일어선다'라고 지어 부르게 했다고도 전해진다. 1950년 6월 25일에 발발한 한국전쟁은 한 가족이 해체되는 불행을 낳기도 했다. 두 형제가 이념으로 인해 갈라져, 형님은 공산주의자로 북한의 인민군이 되어 남침하고, 동생은 대한민국의 국군으로 북한군을 맞아 서로 총질할 수밖에 없었던 경우도 많았다. 미군 기지촌이 생기면서 양공주, 또는 더 비하하는 뜻으로 양갈보라는 말이 생겨났고, 생계형 기지촌 여자들을 비난하는 노랫말도 만들어졌다.

달거리

정월이라 십오야에 망월하난 소년들아
망월도 하려니와 부모봉양 늦어간다
신체팔부 사대절을 부모님께 타고나서
호천망극 중한 은혜 어이하여 다 갚을까
이월이라 한식절에 천주절이 적막하니
개자추의 넋이로다
원산에 봄이 드니 불탄 풀이 돋아난다
(……)

동요라기보다는 부녀자들이나 큰 아이들이 불렀던, 일 년 열두 달을 내용으로 한 노래였는데, 제대로 수집하지 못했다. 다른 여러 전래속요들과 마찬가지로 농사의 기준이 되는 24절기와 여러 생활 모습, 효도와 충신고사에 대한 경의 등의 가치를 짐작하게 하는 내용을 담고 있다.

중국의 여러 고사가 빈번하게 인용되고 이와 관련된 유식한 문자가 자주 등장하는 점으로 미루어, 서민층의 속요라기보다는 반촌 청년들이나 부녀자들 또는 나이 든 아이들의 노래였다고 짐작된다.

세시가

정월에는 대보름달
오곡밥에 윷놀이라
이월이라 초하룻날
산에 가서 잔대 캐고
제비 오는 삼월 삼질
사월이라 초파일날
오월 단오 유월 유두
칠월 칠석 견우직녀
팔월 달은 대보름날
구월 중구 약쑥 뜯고
시월 상달 조상 제사
동짓달은 동지 팥죽
섣달 그믐 까치 설날

1년 24절기를 간략하게 동요로 지어냈다. 이 노래를 배우고 자란 아이들은 이월 초하룻날 산에 가서 도라지 비슷한 잔대라는 뿌리나물을 캐어 먹으면 산삼보다 효험이 큰 줄을 절로 알게 된다. 농경시대의 동요답다.

고려가요 〈동동〉에도 오월 단오에는 쑥술을 마시고 구월 구일인 중구에는 황국을 약으로 먹으면 장수한다고 했다.

천자문

하늘 천 따따 지
가마솥에 누룽지
바악바악 긁어서
니캉 내캉 머억자

하늘 천 할애비
따 지 따따 지
가물 현 가몰가몰
누루 황 누리티팅
벼얼 진 자알 숙
절룸발이 할아배
별 진 잘 숙 별 진 잘 숙
질록 잘록 절룩 절룩
질룩 질룩 질룩발아

너는 죽어 글자 되되
따 지자/그늘 음자/아내 처자/계집 여자/변이 되고
나는 죽어 글자 되되
하날 쳔자/지아비 부자/사내 남자/아들 자자/몸이 되야
제집 여 변에다/딱 붙여서/죠을 호자로 만나보자/사랑 사랑 내 사랑아

천자풀이 노래는 여러 가지가 전해지는데, 아주 어린 저학년 수준의 학동들이 불렀던 짧고 단순한 노랫말과, 고사와 글귀를 인용하여 지어 불렀던 고학년의 수준 높은 노랫말로 나뉜다.

짧은 동요는 단순하고 쉬운 말로 짧게 지어져, 어린 학동들이 글공부 전이나 직후쯤에 즐겨 불렀을 것으로 짐작되나, 고학년의 나이 든 학동들은 이성 간의 사랑에 대한 호기심과 상상에서 배운 글자를 인용하여 노랫말을 만들어 부르며 즐겼다.

새

참새는 쨱쨱

까치는 깍깍

뜸부기는 뜸북뜸북

부헝이는 부헝부헝

뻐꾸기는 뻐꾹 뻐벅꾹

소쩍새는 쏘쩍 소쩍따

딱따구리 딱악 딱

휘파람새 호이호이

노고지리 지지배배

비둘기는 꾸꿍꾸꿍

홀아비 죽은 귀신새는 니 할미 홀로배쪽 카고

홀어미(과부) 죽은 귀신새는 니 할아비 코 꿰달아매 카지러

조(보)지 조지 지지배배

(……)

울음소리를 흉내내어 새 이름을 지어 노래한 유머 감각이 돋보인다. 조부모
나 부모 등 어른들이 아기를 어를 때 불러준 속요라고 한다.

서리 가자

서리 가자 서리 가자

콩밭으로 콩 서리를 / 수수밭으로 수수 서리를

무시(무)밭에 무 서리 / 수박밭에 수박 서리

복숭밭에 복숭 서리 / 참외밭으로 참외 서리

물외(오이)밭에 물외 서리 / 외양간 횃대 닭 서리

처자 서리 총각 서리 / 과부 서리 홀아비 서리

영감 서리 할매 서리 / 이 서리 저 서리

각서리 먹서리

아직 밭에서 자라는 곡식이나 나무에 달려 익어가는 과일 등을 주인 몰래 따서 불에 익히거나 씻어 먹는 놀이를 서리라고 했다. 수박 서리, 외 서리, 콩 서리 등이 그러했다. 주인에게 큰 피해를 주지 않는 범위에서 묵인·용납되었던 아이들의 놀이였는데, 이것이 닭 서리로까지 이어져 원성을 자아내기도 했다.

이런 농작물 서리만이 아니라 과부·홀아비 같은 사람도 노랫말에 넣어 재미로 삼았고, 각설이패 등도 발음이 동일하다고 노랫말에 포함시켰다. 노래는 〈각설이 타령〉이나 〈품바〉 식으로 불렀다.

주로 남자아이들이 즐겨 불렀다.

꽁당 보리밥

꼬오 꼬꼬댁 꼬꼬 먼동이 튼다
복동이네 집에서 아침을 먹네
옹기종기 둘러앉아 꽁당 보리밥
꿀보다도 더 맛좋은 꽁당 보리밥
보리밥 먹는 사람 방귀 잘 뀌네

쌀이 귀하여 잡곡을 주식으로 삼았던 서민들의 유머 감각을 엿볼 수 있다.
주로 보리밥을 자주 먹어 방귀를 자주 뀌게 되는 여름철에 아이들이 불렀던
동요였다 한다.

파랑새야

새야 새야 파랑새야
녹두밭에 앉지 마라
녹두꽃이 떨어지면
청포장사 울고 간다

개남아 개남아 진개남아
사발통문 돌렸느냐

　동학혁명 이후 지어 불렀던 동요로 보인다. 동학혁명의 주동자로 알려진 전봉준은 녹두장군이나 녹두로 비유되었고, 다른 참여자들 중에 김계남이라는 장군이 있어, 사투리로 진개남이라고 부른 듯하다.
　사발통문이란, 동학혁명을 모의할 때 주동자가 누구인지를 숨기기 위하여 또는 모든 참여자가 동등한 권리와 책임을 지는 주동자라는 뜻에서, 참여자의 이름을 원형으로, 즉 사방팔방으로 자필 서명한 격문을 의미한다.

말 타기

말 탄 대장 꺼어떡

소 탄 대장 꺼어떡

이랴이랴 울지 말고

쏜살같이 달려가자

천 동무 만 동무

머리칼에 얽힌 동무

어디까지 왔냐

서울까지 왔다

띠 띠고 신 신고 춤추고 뜀뛰고

호랭이 꼬랭이 잡고 개구리 대구리 잡고

어디까지 왔냐 서울까지 왔다

어깨동무 내 동무

보리가 나도록 살아라

참빗 줄게 별 나라

얼레빗 줄게 별 나라

닭 잡아줄게 별 나라

양푼 줄게 별 나라

별 났다아

신랑신랑 개신랑

범의 가죽 통가죽

새악시 매악시

닭꼬랑지

　　이 동요는 여러 동요가 혼합된 것으로 보인다. 자료 제공자의 기억 탓인지, 본래의 노래가 아이들이 기분이나 소원, 입버릇대로 즐겼던 탓인지는 모르나, 아마도 여러 가지 노래들이 뒤섞이고 이어져서 이렇게 된 것으로 본다. 혹은 아이들이 놀이를 하면서 이런 동요들을 순서도 차례도 없이 불렀을 것으로도 추정된다.

나무 노래

오다 가다 오동나무

십 리 절반 오리목나무

남의 손목은 쥐엄나무

하늘 중턱엔 구름나무

열아홉에 스무나무

서른아홉에 사세나무

아흔아홉에 백자나무

물에 둥둥 뚝나무

월출 동천에 떨겅나무

달 가운데 계수나무

옥도끼로 찍어내여

금도끼로 겻 다듬어

삼각산 제일봉에

수간초옥 지어놓고

한 칸에는 금녀 두고

한 칸에는 선녀 두고

또 한 칸에는 옥녀 두고

선녀 옥녀 잠드리고

금녀 방에를 들어가니

장기판에 바둑판

쌍륙판 다 노였고나

쌍륙바둑 바둑판

쌍륙판 다 노였고나

쌍륙바둑은 제리(제외)하고

장기 한판 벌일 적에

한나라 한자로 한패공 삼고

수레나 차자로 관운장 삼고

코끼리 상자로 조자룡 삼고

말 마자로 마초를 삼고

선비 사자로 모사를 삼고

뚜리 포자로 여포를 삼고

좌우병졸 놋다리 놓고

이 포 저 포 넘나들 적에

십만대병이 춘설이로구나

2음보가 반복되는 민요나 잡가적인 형식의 이런 노래는 나무 노래와 다른 노래가 결합된 예라 할 수 있다. 이런 두세 가지 노래가 혼합된 경우가 많이 발견되는데, 노래 부르는 이의 기억력 탓이기도 하려니와, 고의로 맘에 드는 것만 골라서 자기 형편이나 소원에 따라서 마음대로 불러본 개작·재창작의 결과라고도 볼 수 있다. 바둑이나 쌍륙판 등이 나오고 금녀·옥녀·선녀들이 나오는 것으로 보아, 남성들이 마음속의 소원을 노랫말로 지어 부른 것으로 본다. 또는 연로한 부녀자들이 남성들의 흉내를 내어 부른 것으로 추정되기도 한다. 물론 아이들 또한 어른들의 흉내를 내어 부르기도 했으리라.

참고문헌

김인구, 「안동지방의 세덕가 연구」, 단국대학교 대학원 석사학위 청구논문, 1978

유안진, 『도리도리 짝자꿍』, 문학세계사, 1980

──, 『한국전통아동놀이』, 정민사, 1981

──, 『한국 전통 아동심리요법』, 일지사, 1985

──, 『한국의 전통육아방식』, 서울대출판부, 1987

──, 『바람꽃은 시들지 않는다』, 문학사상사, 1990

──, 『한국전통사회의 유아교육』, 서울대출판부, 1990

──, 『월령가 쑥대머리』, 문학사상사, 1990

──, 『한국여성, 우리는 누구인가』(전2권), 자유문학사, 1991

──, 『다시 우는 새』, 서울신문사, 1992

──, 『땡삐』(전4권), 자유문학사, 1993

──, 『아동발달의 이해』, 문음사, 2000

──, 『바람편지』, 중앙M&B, 2002

──, 『옛날 옛날에 오늘 오늘에』, 아침이슬, 2002

──, 미발표 수집자료

딸아 딸아 연지 딸아
ⓒ 유안진 2003

1판 1쇄 │ 2003년 10월 27일
1판 3쇄 │ 2006년 11월 22일

지 은 이 │ 유안진
펴 낸 이 │ 강병선
책임편집 │ 차창룡 조연주 이상술
펴 낸 곳 │ (주)문학동네
출판등록 │ 1993년 10월 22일 제406-2003-000045호

주   소 │ 413-756 경기도 파주시 교하읍 문발리 파주출판도시 513-8
전자우편 │ editor@munhak.com
전화번호 │ 031) 955-8888
팩   스 │ 031) 955-8855

ISBN 89-8281-739-5 03810
www.munhak.com